文艺先声

中国共产党第一次大型文艺代表团出访纪实

文化和旅游部离退休人员服务中心　组编

中国文联出版社
http://www.clapnet.cn

图书在版编目（CIP）数据

文艺先声：中国共产党第一次大型文艺代表团出访
纪实 / 文化和旅游部离退休人员服务中心组编. -- 北京：
中国文联出版社，2021.6
ISBN 978-7-5190-4447-3

Ⅰ. ①文… Ⅱ. ①文… Ⅲ. ①纪实文学－中国－当代
Ⅳ. ①I25

中国版本图书馆 CIP 数据核字(2020)第 262701 号

文艺先声：中国共产党第一次大型文艺代表团出访纪实

（WENYI XIANSHENG：ZHONGGUOGONGCHANDANG DI-YI CI DAXING WENYI
DAIBIAOTUAN CHUFANG JISHI）

组　　编：文化和旅游部离退休人员服务中心			
终 审 人：姚莲瑞	复 审 人：周小丽		
责任编辑：王素珍	责任校对：胡世勋		
封面设计：侯琴琴	责任印制：陈　晨		

出版发行：中国文联出版社
地　　址：北京市朝阳区农展馆南里 10 号，100125
电　　话：010-85923037（咨询）85923000（编务）85923020（邮购）
传　　真：010-85923000（总编室），010-85923020（发行部）
网　　址：http://www.clapnet.cn
E - mail：clap@clapnet.cn　　　　　wangsz@clapnet.cn
印　　刷：天津旭丰源印刷有限公司
装　　订：天津旭丰源印刷有限公司
本书如有破损、缺页、装订错误，请与本社联系调换

开　　本：710×1000　　　　　1/16
字　　数：185 千字　　　　　印　张：14
版　　次：2021 年 6 月第 1 版　　印　次：2023 年 4 月第 3 次印刷
书　　号：ISBN 978-7-5190-4447-3
定　　价：49.00 元

王元周　执笔

目 录

序言..1

第一章　缘起..5

第二章　团部..13

第三章　出国文工团..33

第四章　准备..96

第五章　旅途..103

第六章　演出..114

第七章　归国..139

第八章　余韵..145

亲历者的感想..158

图片资料..165

后记..216

序　言

　　1949 年 7 月，在中华人民共和国宣布成立之前，应世界民主青年联盟（以下简称"世界青联"）和国际学生联合会（以下简称"国际学联"）的邀请，由青年团中央派遣了一支 70 来人的文工团，作为中国民主青年代表团的一部分，参加了在匈牙利首都布达佩斯举行的第二届世界民主青年和学生联欢节（以下简称"世青节"）。出国文工团回到北京正好赶上参加了开国大典。然后又陪同苏联文化代表团到南京、上海、济南、天津等地演出。

　　出国文工团的主要成员来自当时在北京的三个文艺团体，即青年艺术剧院、华北大学文工团和华北人民文工团。团长李伯钊在土地革命时期就是著名的红色戏剧家，吴雪等许多人在 1937 年"七七事变"前即投身于抗日救亡宣传运动，在全面抗战爆发后到大后方和敌后根据地从事救亡宣传，会聚到陕甘宁边区和晋察冀、晋冀鲁豫等根据地。1942 年毛泽东发表《在延安文艺座谈会上的讲话》以后，开展了新歌剧运动，创作了《白毛女》这样的大型歌剧，也有《兄妹开荒》《牛永贵负伤》《十二把镰刀》等许多优秀短剧。解放战争时期，大批文艺干部和骨干开赴东北，成立了东北文工一团、二团和鲁艺文工一团到四团。东北文工二团等文艺团体又在东北秧歌和二人转的基础上发展出了东北大秧歌和秧歌剧，创作了《光荣灯》《反"翻把"斗争》等优秀剧目。

　　中国青年文工团在布达佩斯所表演的，大多是 1943 年秧歌剧运动以后发展起来的优秀短剧，以及李波、郭兰英、王昆等演唱的歌唱解放区人民斗争生活的革命歌曲，同时还有王铁锤、王小寿和吴峰表演的河北民间管弦乐曲《放驴》，以及舞蹈《胜利腰鼓》、《牧马舞》（贾作光）和蒙古族舞《希望》（乌云、斯琴塔日哈）等。

由于时间仓促，这个出国文工团是临时组建起来的，演出的节目在出国前也没有来得及排练成熟，《光荣灯》还是在去西伯利亚的火车上才开始排练的。但是每一个演员都怀着代表一个即将宣告成立的新中国的喜悦心情，认真表演。鲜明的革命精神，浓厚的民族特点，饱满的斗争热情，感染了每一位观赏者。中国青年代表团在布达佩斯赢得尊重，中国文工团的表演获得好评，并在文艺竞赛中获得多个奖项。

这既是中国革命新文艺第一次在世界文艺舞台上大规模的展示和检阅，也是随着全国解放，解放区的文艺团体纷纷进入城市，探索新的文艺发展方向的一个重要环节。他们在布达佩斯与各国艺术家交流，欣赏各国的文艺表演。回国途中，又在莫斯科考察苏联的剧场艺术。当时大家得出的共同结论是：中国新文艺必须发展，必须提高。所以，李伯钊等人回国后即主张向苏联学习，搞剧场艺术。

本来在进城以后，来自解放区和来自国统区两方面的文艺人才在文艺思想上就有分歧。青年艺术剧院来自解放区，和来自国统区的文艺人才合作排演第一出戏《爱国者》时，双方在表演方法和舞台风格上即出现分歧，最后在廖承志的主持下才得以排练完成。[1]在当时向苏联学习的大潮下，1951年6月全国文工团工作会议所确立的基本方针也是追求文

---

[1] 余林：《青艺的奠基人——忆老院长廖承志同志》，《艺耕集》，中国戏剧出版社，1984年，第2页。

艺团体的正规化和专业化。在此背景下，"土洋之争"也就表现得更加显著，最终形成西洋的和民族的两条发展路径。因此，这次中国文工团到布达佩斯演出，不仅是新中国成立前夕派出的第一个大规模文艺演出团体，也是中国新文艺发展史上的一个转折点。这次出国文工团的历史，不仅可以牵连出 1949 年前半部新文艺发展史，也是 1949 年后新文艺发展的一个重要开端。

正因为它处于这样一个转折点上，所以一般的解放区文艺史论著很少涉及，写中华人民共和国文艺史尤其是中外文艺交流的历史时，会将 1951 年派往东柏林参加第三届世青节并访问东欧九国的中国青年文工团作为新中国成立后派出的第一个出国访问演出的大型文艺团体，很少提及 1949 年派往布达佩斯参加第二届世青节的中国青年文工团。它仿佛一颗彗星，虽曾璀璨夺目，然而很快消失在历史的时空之中。时至如今，许多当年负责组织出国文工团的领导以及参加出国文工团的成员已经作古，部分还健在的成员也已是耄耋老人，非常希望能留住这一历史事件的记忆。

原文化部党史资料征集工作委员会曾经编辑出版了《当我们再次相聚——中国青年文工团出访 9 国一年记》[①]，为 1951 年出访的中国青年文工团留下了许多资料，而 1949 年出访的中国青年文工团资料则一直没有得到整理。距离 1951 年出访的中国青年文工团开始征集回忆录的 1999 年又过去了二十年，再做类似的工作自然会遇到更大的困难。文化和旅游部离退休人员服务中心深感这段历史的重要性，力所能及地采

---

① 文化部党史资料征集工作委员会编：《当我们再次相聚——中国青年文工团出访 9 国一年记》，文化艺术出版社，2004 年。

访了健在的多位参与者，并到中央档案馆查阅了有关档案资料。虽然付出了许多努力，但得到的资料仍非常有限，所幸中央档案馆不仅保存了1949年7月15日提出的一份出国文工团名单，还保留了《第二届世界青年学生节总结》和《中国民主青年代表团办公室日志》，为我们提供了出国文工团的基本情况。正是在这样有限的资料的基础之上，参考口述采访资料，并广泛查阅有关文献资料和论著，钩沉索隐，追溯历史，考其流变，勉强缀成此文。虽尚挂一漏万，亦足以展示其梗概，能为下一步的研究提供一个基础，亦可满足参与者的一个心愿。

愿以此书献给1949年出国文工团的所有成员，并献给那些以文艺投身到民族解放运动中的战士们！

第一章　缘起

世界民主青年联盟（WFDY）是第二次世界大战以后，参加世界反法西斯斗争的各国青年组织所建立的国际青年群众组织，中国将其简称为"世界青联"或"世青"。①

1941 年，流亡在英国的将近 30 个国家的青年代表成立了一个俱乐部性质的国际青年组织——旅英国际青年理事会。1942 年 11 月，由旅英国际青年理事会出面，在伦敦召开了一次国际青年反法西斯代表会议，会议根据加拿大代表的提议，成立了一个国际反法西斯青年组织——世界青年协会。②1945 年 1 月 1 日，世界青年协会提出召开世界青年代表大会的建议，1945 年 10 月 30 日这个代表大会得以在伦敦正式召开，有 63 个国家的青年代表参加了这次会议。11 月 10 日会议宣布成立一个统一的世界青年组织——世界民主青年联盟。③

中国青年组织派代表参加了这次世界青联成立大会，并成为其会员组织。当时中国国民党统治区和共产党领导的解放区青年组织都收到了参加这次会议的邀请，国民党的三青团和解放区的青联筹委会都曾选派代表与会。本来解放区选派冯文彬、刘光和陈家康三人为代表，但由于受到国民党政府的阻挠，最后只有陈家康一人得以从美国转赴英国，出席了会议，并被推选为大会主席团成员之一，还被选为执行委员会委员，

---

① 共青团中央国际联络部编：《布达佩斯的回忆》，中国青年出版社，2009 年，第 1 页。
② 共青团中央国际联络部编：《布达佩斯的回忆》，中国青年出版社，2009 年，第 12 页。
③ 共青团中央国际联络部编：《布达佩斯的回忆》，中国青年出版社，2009 年，第 13 页。

国民党三青团代表陈占祥被选为执行委员会副主席。①

世界青联自成立时起就在苏联共青团主导之下，以左翼青年组织为主体。随着美苏对立加剧，国际冷战局势形成，世界青联进一步"左"倾，1949 年 4 月曾动员西欧青年反对北大西洋公约组织。在国共内战期间，世界青联曾表示反对美国干涉中国内政和支持中国国民党政府发动内战。1947 年中国国内爆发"反饥饿、反内战、反迫害"学生运动，8 月世界青联理事会在布拉格召开会议，蒋南翔、陈家康等到会。陈家康在发言中控诉美帝国主义干涉中国内政，揭露国民党政府实行独裁统治，进行反人民的内战，谴责国民党三青团的特务活动。陈家康指出，三青团根本不是中国青年的代表，也不应在世界青联占有领导职务。在听取陈家康的发言后，会议通过了关于中国的特别决议，反对美帝国主义干涉中国内政，抗议国民党政府拘捕和屠杀青年，并决定停止国民党三青团的会籍。②

随着中共领导的解放军取得三大战役的胜利，世界青联又曾先后向中国人民和青年表示热烈祝贺。不久，解放军占领南京和上海，世界青联又组织了 27 个国家的青年团领导人，联名向中国人民和青年表示祝贺。③1949 年 3 月中华全国学生联合会、4 月中国新民主主义青年团和 5 月中华全国民主青年联合总会成立时，世界青联也表示热烈祝贺。④

第一次世界青年代表大会的最后几次会议上提议举行青年联欢节，并把举办一次伟大的青年联欢节作为世界青联的第一个主要目标。一年之后，世界青联理事会决定在世界青联建立后两年内举办世界青年联欢

① 共青团中央国际联络部编：《布达佩斯的回忆》，中国青年出版社，2009 年，第 2、15 页。

② 共青团中央国际联络部编：《布达佩斯的回忆》，中国青年出版社，2009 年，第 23 页。

③ 共青团中央国际联络部编：《布达佩斯的回忆》，中国青年出版社，2009 年，第 18 页。

④ 共青团中央国际联络部编：《布达佩斯的回忆》，中国青年出版社，2009 年，第 5 页。

节。1946 年 7 月召开的世界青联巴黎理事会会议决议在 1947 年夏天举办第一届世界青年与学生和平友谊联欢节，①以后每两年举行一次。1947 年 7 月 25 日至 8 月 17 日，第一届世界青年与学生和平友谊联欢节在捷克斯洛伐克首都布拉格举办，有 73 个国家派出 17000 名青年代表参加，各国代表团相互叙谈、联欢，还组织文艺演出，进行文艺和体育比赛。中共解放区青联、学联和全国学联皆派代表参加了这次联欢节活动。这是解放区青联第一次派遣青年代表团。代表团由 10 人组成，其中包括战斗英雄、民兵英雄、青年工作者，以及解放区和国统区的学生代表等。他们一行经过晋绥、晋察冀、华东和东北解放区出国，几乎使用了从小毛驴到飞机的各种交通工具，最后来到布拉格。在开幕式上，中国解放区青年代表团举着毛泽东的巨幅画像参加大游行，受到热烈欢迎。②在这次联欢活动中，各国青年代表团参加了大型集会和营火晚会，进行文艺表演和体育比赛，还举办了国际青年展览会。③中国解放区青年代表团也举办了多次招待会、座谈会和公开讲演会，还放映了电影《民主东北》。④但是，中国解放区青年代表团由于规模小，没有参加文艺比赛和体育比赛，只参加了国际青年展览会，通过照片、木刻、剪纸、年画、图表、书籍等介绍了中国人民解放军的战斗生活、工人的生产劳动及农民的大翻身场面。⑤

---

①③ 共青团中央国际联络部编：《布达佩斯的回忆》，中国青年出版社，2009 年，第 24 页。

② 李彦：《回忆第一次世界青年联欢大会》，中国新民主主义青年团上海市工作委员会宣传部：《全世界青年团结前进》，中国青年社华东营业处，1949 年，第 51—53 页。

④ 李彦：《回忆第一次世界青年联欢大会》，中国新民主主义青年团上海市工作委员会宣传部：《全世界青年团结前进》，中国青年社华东营业处，1949 年，第 56 页。

⑤ 李彦：《回忆第一次世界青年联欢大会》，中国新民主主义青年团上海市工作委员会宣传部：《全世界青年团结前进》，中国青年社华东营业处，1949 年，第 57 页。

　　参加第一届世界青年联欢节的中国解放区青年代表团还分别作为中国解放区青联和学联的代表，出席了世界青联理事会和国际学联理事会的会议。①中国解放区青年联合会、解放区学联筹备会和国统区的中国学生联合会从这时起即派代表驻在世界青联和国际学联，分别担任世界青联执行委员和国际学联副主席。②参加世界青联和国际学联，不仅是中国解放区青年学生与国际青年运动联系的纽带，也是中共领导的解放区联系世界的一个重要渠道。因此，1949年5月蒋南翔在中华全国青年第一次代表大会上说：现在世界上侵略集团和民主阵线在紧张的斗争中，中国人民与中国青年的争取解放的斗争，是和整个世界民主阵线休戚相关、密切联系着的。③

　　1948年12月18日，世界青联执委会在巴黎召开会议，讨论了世界青联第二次代表大会的任务和联欢节的性质。会议决定第二届世青节于1949年8月14日至9月8日在匈牙利首都布达佩斯举行，由世界青联和国际学联联合举办，并于9月2日至8日在布达佩斯召开第二届世界青年代表大会。

　　在决定举办第二届世青节后，世界青联即专门成立了第二届世青节筹备会，由总部设在巴黎的世界民主青年联盟和总部设在布拉格的世界民主学生联合会负责动员世界各国青年和学生参加。

　　1949年5月28日世界青联执委会在布达佩斯召开会议，商议第二

---

① 蒋南翔：《中国青年运动和国际青年运动的交流》，中国新民主主义青年团上海市工作委员会宣传部：《全世界青年团结前进》，中国青年社华东营业处，1949年，第23页。
② 蒋南翔：《中国青年运动和国际青年运动的交流》，中国新民主主义青年团上海市工作委员会宣传部：《全世界青年团结前进》，中国青年社华东营业处，1949年，第24页。
③ 蒋南翔：《中国青年运动和国际青年运动的交流》，中国新民主主义青年团上海市工作委员会宣传部：《全世界青年团结前进》，中国青年社华东营业处，1949年，第33页。

届世青节的项目和第二次世界青年代表大会的议程。当时中国人民解放军已经解放了全国大部分省份,新政权也在积极筹备之中。中国革命的胜利也提高了中国的国际地位,世界青联和国际学联都希望中共领导的新中国能派遣青年和学生代表参加第二届世青节,并参加第二届世界青年代表大会。匈牙利内阁副秘书长洛逊齐希望有中国青年代表团和其他殖民地国家青年参加第二届世青节。[①]澳大利亚等国青年团体在动员青年学生参加第二届世青节时甚至以能与中国青年见面为号召,许多国家的青年都盼望中国有较多的人出席,并希望中国参加文艺比赛和体育比赛,以便从表演中了解中国战斗的情形。[②]中国民主青联驻世界青联代表区棠亮就给国内写信说,第二届世青节筹备会热烈欢迎中国代表团,希望中国一定派代表团参加,他们迫切期待新中国参加第二届世青节。

而且,由于世界青联日益"左"倾,一些西方国家的青年组织从1948年起相继退出了世界青联,苏联也希望中国能派出一个规模较大的代表团参加第二届世青节和第二届世界青年代表大会。所以也有人说,中国在新政权尚未确立的情况下派遣规模庞大的代表团参加第二届世青节,是应苏联"老大哥"的邀请。[③]

中共中央青委对派遣青年代表团参加第二届世界民主青年与学生联欢节和第二届世界青年代表大会也非常重视。一方面中共领导的中国新民主主义青年团、中华全国学生联合会和中华全国民主青

---

① 《世界青联执委会将开会》,上海《解放日报》,1949年5月24日。

② 共青团中央国际联络部编:《布达佩斯的回忆》,中国青年出版社,2009年,第24页。

③ 李晓丹:《世界青年联欢节:乘着"和平与友谊"的翅膀》,《音乐生活》2006年第11期,第27页。

年联合总会刚刚正式成立，需要建立对外联系，认为这些国际性的青年学生活动标志着全世界青年学生的大团结，也检阅着中共领导的，为争取持久和平、人民民主、民族独立与青年的幸福前途而奋斗的强大队伍。

世界青联确定中国出席第二次世界民主青年代表大会的代表团的人数为 35 名，但是要求中国同时派出青年学生参加第二届世界青年与学生和平友谊联欢节，并希望能够表演民族音乐（如民歌、演奏）及舞蹈，还希望能放映电影、举办展览、参加体育比赛等。筹备会还计划在青年节期间抽出一日定为中国青年日，希望中国代表团有所准备，并希望中国代表能在联欢节结束之后参加文化工作团到各国参观。[①]陈家康回国后，再一次传达了世界青联和国际学联希望中国派出一个强大代表团出席第二届世界青年与学生和平友谊联欢节和第二届世界青年代表大会这两个世界性活动的强烈愿望。由于中国国际地位重要，陈家康认为中国代表团的规模应超过 100 人。5 月，国际学联再次急切要求中华全国学生联合会能派出篮球队参加篮球比赛，或者能参加其他体育比赛，以显示国际学联举办的第十届大学生夏季运动会的世界性。[②]

本来世界青联和国际学联希望中国方面在 1949 年 3 月以前即确定中国代表团的人数和人员构成等，[③]但是由于中国国内形势变化很快，一直

---

① 中央青委：《关于出席世界第二届青年节和全世界第二届青年代表大会的计划》，1949 年 6 月 1 日，附：唐亮来函，中央档案馆，Z241-1-55-1。

② 中央青委：《关于出席世界第二届青年节和全世界第二届青年代表大会的计划》，1949 年 6 月 1 日，附：国际学联来电，中央档案馆，Z241-1-55-1。

③ 中央青委：《关于出席世界第二届青年节和全世界第二届青年代表大会的计划》，1949 年 6 月 1 日，附：梁畔来函，中央档案馆，Z241-1-55-1。

未能确定。6月1日，青年团中央向中共中央书记处提出了派出100人规模代表团的计划，其中包括正式代表30名、演出人员70名，另外还有篮球队员10名，①总人数实际应为110名。

　　稍后，在具体组建中国民主青年代表团的过程中，代表团的组成又有所调整，代表人数也有所增加，并配备了几名工作人员，而演出人员和篮球队员则略有减少。6月14日，中国方面正式以中国新民主主义青年团中央委员会书记冯文彬，副书记廖承志、蒋南翔，以及中华全国民主青年联合总会主席廖承志，副主席钱俊瑞、谢雪红、钱三强、沙千里的名义致电世界民主青年联合会秘书处，表明中国接受他们的提议，将派出有116人的中国民主青年代表团出席第二届世界青年与学生和平友谊联欢节及第二届世界青年代表大会，其中包括正式代表35名、随员9名、演出人员65名、参加国际学联举办的篮球赛的运动员7名。②在青年团中央委员会致中央广播事业管理处的公函中也说文工团的规模为65人，并准备从各地抽调演员。③

　　此后，中国代表团规模和组成又略有变化。7月10日，周恩来和陈云在给李富春的电报中说，中国民主青年代表团成员共计116人。④7月14日，新华社记者从中国民主青年代表团负责人那里了解到的情况是，代表团成员共计120名，其中正式代表35名、随员12名、演出人员64名、

　　① 中央青委：《关于出席世界第二届青年节和全世界第二届青年代表大会的计划》，1949年6月1日，中央档案馆，Z241-1-55-1。
　　②《冯文彬、廖承志等致世界民主青年联合会秘书处电》，1949年6月14日。
　　③《中国新民主主义青年团中央委员会致中央广播事业管理处冯文彬函》，中央档案馆。
　　④《关于中国民主青年代表团出访问题的电报和信》，中共中央文献研究室、中央档案馆编：《建国以来周恩来文稿（一）》，中央文献出版社，2008年，第106页。

篮球队员 9 名。①而根据 7 月 15 日中央青委提出的《出席世界青年与学生节代表团名单》，中国民主青年代表团成员共计 124 名，其中正式代表 35 名、代表团工作人员 12 名、文工团人员 68 名、篮球队员 9 名。②最后实际到布达佩斯参加世界青年与学生和平友谊联欢节和第二次世界民主青年代表大会的中国青年代表团总人数也众说不一，一种说法为 121 名，③这大概是根据代表团成员梁畔的回忆录。梁畔说中国代表团共计 121 名，其中包括正式代表 28 名、工作人员 12 名、文工团成员 69 名、篮球队员 9 名、驻国际机构代表 3 名（驻世界青联的区棠亮、驻国际学联的梁畔和驻国际民主妇联的吴青）。④而曾参加文工团的舒铁民在其日记上记载的中国民主青年代表团总人数为 126 名。⑤至于出国文工团的人数，也有人说有 76 人之多。⑥

① 《出席世界青年节及世界青年大会我代表人选业已推定。即将携带大批展览图表及礼物启程赴匈》，《人民日报》，1949 年 7 月 16 日。

② 《出席世界青年与学生节代表团名单》，1949 年 7 月 15 日，中央档案馆。

③ 《世界民主青年联盟大事记》，共青团中央国际联络部编：《布达佩斯的回忆》，中国青年出版社，2009 年，第 74 页。

④ 梁畔：《回眸各国青年在多瑙河畔的友好聚会》，共青团中央国际联络部编：《布达佩斯的回忆》，第 144—145 页。

⑤ 舒铁民访谈录。

⑥ 《新中国派出的第一个出访艺术团》，《中外文化交流》1992 年第 1 期。

第二章　团部

中国民主青年代表团所属文工团对外称"中国民主青年代表团青年文艺工作团",在组建时则称为"出国文工团"。文工团在中国代表团内部自成一单位,并决定由李伯钊、吴雪和丁里三人组成团部,负责文工团的领导工作。①

李伯钊

出国文工团成立后,由李伯钊担任团长兼书记,并任中国青年代表团团委。李伯钊当时是中共北平市委员会文委书记,由她出任出国文工团负责人,据说还是毛泽东和周恩来亲自点的将,②因为她是著名的"红色戏剧家"。

李伯钊原名李承萱,也曾用过"戈丽"的名字,1911 年出生于重庆大梁子蒙家院子一个书香世家。父亲李汉周曾在四川一个山区小县做过一任县官。1921 年李伯钊小学毕业后,考入四川省立第二女子师范学校,受国语教员萧楚女和英文教员张闻天等人的影响,思想发生转变,参加了萧楚女组织的校工读书团。后来共产党员廖划平的妹妹廖苏华也到该校教书,她教李伯钊她们演进步戏。李伯钊还记得,她们演的第一个戏

---

① 《中国新民主主义青年团中央委员会致中央广播事业管理处冯文彬函》,中央档案馆。
② 丁艾:《李伯钊:坎坷历程,丰硕一生》,《神州》2005 年第 4 期。

叫《可怜闺里月》，是一出揭露军阀混战的戏。[1]李伯钊的文艺生涯也从这里开始了。

1925 年初，李伯钊经廖苏华介绍加入了中国社会主义青年团，刚开过一次会，因组织改名为中国共产主义青年团，遂转为共青团员，开始接受马克思主义教育。"五卅"运动爆发后，李伯钊积极参加学生运动，因此被学校开除。中共重庆市委书记张昔畴将她和另外几位被开除的同学送到上海，任共青团浦东地委宣传委员，并在平民夜校当教员。由于平民夜校缺少课本，李伯钊等人就教工人们唱歌、跳舞、演戏。[2]

李伯钊等人在浦东的活动引起警察的注意，又转到曹家渡，结果还是在一次去法租界开会时被捕了，在淞沪警察厅关了两个多月，最后被组织营救出来。出狱后，1926 年冬，组织上决定派她去莫斯科中山大学学习。她从吴淞口搭乘一艘苏联轮船到海参崴，然后和同样从上海来的张仲实等人一起乘火车抵达莫斯科。在莫斯科中山大学学习期间，李伯钊也是学校的文艺骨干。1928 年毕业后，仍留在学校当翻译，1929 年与杨尚昆在莫斯科结婚。1930 年冬李伯钊请求回国工作，12 月 31 日回到上海，在上海从事工会工作，到一家卷烟厂搞工人运动。刚过了两三个月，由于上海的形势越来越紧张，组织上又决定让她到苏区去。于是李伯钊在一位年轻的交通员带领下，绕道香港，然后经大埔、清溪来到闽西苏区。本来还要继续前往中央苏区，但是由于国民党军队围剿，交通阻断，只好暂时留在闽西苏区工作，在虎岗闽粤赣边军区政治部任宣传科科长，兼彭（湃）杨（殷）军事政治学校第三分校政治教员，主要教授社会发展史，业余时间组织文艺演出。在"红五月"文艺宣传活动中排演了她

---

① 李伯钊：《我的回忆》，《李伯钊文集》，解放军出版社，1989 年，第 232 页。
② 李伯钊：《我的回忆》，《李伯钊文集》，解放军出版社，1989 年，第 235 页。

在莫斯科演出过的话剧《明天》和《骑兵歌》，引起很大轰动。^①不久，1931 年秋，因张贞进攻闽西苏区，李伯钊随军区机关和军校撤退到长汀。这里距离中央苏区已经很近了，翻过山去就是瑞金，因此李伯钊就和危拱之、伍修权等人一起根据上级指示来到中央苏区。

中共苏区中央局负责人王稼祥让李伯钊到中国工农红军学校（瑞金红军学校）担任教员，李伯钊在这里和危拱之联合沙可夫、胡底、钱壮飞、石联星等人定期举办文艺晚会，每周在红军学校演出话剧，还应邀到各机关、部队公演。李伯钊与石联星、刘月华成为中央苏区"三个赤色舞蹈明星"，也是红色戏剧界的"三大名旦"。^②1931 年冬，江西赣县田村东河剧团排演话剧《活捉张辉瓒》，第一次将毛泽东、朱德等红军领导人形象搬上舞台，这出最早的革命现代戏就是在李伯钊的指导下完成的。

1931 年 11 月中华苏维埃共和国临时中央政府成立时，李伯钊与钱壮飞、胡底等人组成文娱小组，筹备文艺演出和庆祝活动。不仅组织了十二个村参加的"万人灯会"，还演出了李伯钊改编的多幕话剧《黑奴吁天录》（又名《农奴》）以及钱壮飞编写的话剧《最后的晚餐》，李伯钊在这两个话剧中都扮演重要角色。^③这两个话剧演出的成功，也标志着苏区和红军的文艺工作由简单的化装宣传和活报剧表演，发展为比较正规的戏剧创作。^④

此后，李伯钊被调到《红色中华》杂志社担任编辑兼校对。不久，孙连仲的二十六路军在宁都起义，被改编为红五军团，毛泽东让李伯钊

---

① ④ 陈安：《红色戏剧家李伯钊在中央苏区》，《党史文苑》2010 年第 15 期。

② ③ 何立波：《"红色戏剧家"李伯钊》，《档案时空》2007 年第 7 期。

等人组织演剧队到红五军团去做思想工作。于是李伯钊与钱壮飞、胡底等17人组成了"八一剧团",到瑞金任田区红五军团驻地演出为这支部队新编的《为谁牺牲》一剧,获得成功,接着又去左权的十五军以及十四军和十三军演出。①

1933年三四月份,李伯钊又奉命接替倪志侠组建"高尔基戏剧学校",学校成立后即担任校长,还接替沙可夫任中华苏维埃共和国临时中央政府教育部艺术局局长,成为中央苏区文艺工作的主要领导者之一。高尔基戏剧学校不仅开设红军班,为红军火线剧社、红军剧社培养宣传干部,还举办地方班,为地方工农剧社和整个苏区培养文艺骨干与文艺干部。②李伯钊在此期间也参与创作了许多剧本。石联星回忆这时期李伯钊的创作生活时说:"伯钊同志日夜忙着写剧本呀!编活报呀!写歌词呀!还要演戏导戏,还要刘月华和我编了《工人舞》《农民舞》《红军舞》。我们还集体创作了一个大型的歌剧《我——红军》,还演了《粉碎敌人乌龟壳》等活报剧。"③

1934年10月,李伯钊参加长征。1935年6月红一、红四方面军会师后,到红四方面军参与建立随军剧社,后又参与建立红二方面军随军剧社。她三过草地,九死一生。长征结束后,李伯钊到总政治部任宣传干事。丁玲等人发起成立中国文艺协会,李伯钊被选为文协理事和文协俱乐部主任。全面抗战爆发后,李伯钊先是随杨尚昆在西安八路军办事处工作了一段时间。在西安生下儿子杨绍京后不久,就将孩子托付给人家,与杨尚昆一起来到山西抗日前线,李伯钊在中共中央北方局和八路军驻临汾办事处工作,还兼任八路军学兵队女生队队长,训练从平津等地来的女青年学生。

---

① 李伯钊:《我的回忆》,《李伯钊文集》,解放军出版社,1989年,第243页。
② 李伯钊:《我的回忆》,《李伯钊文集》,解放军出版社,1989年,第244—245页。
③ 陈安:《红色戏剧家李伯钊在中央苏区》,《党史文苑》2010年第15期。

　　1938年初,沙可夫、朱光等人在延安演出大型话剧《广州起义》《血祭上海》等,引起轰动,也引起中央领导的重视,于是毛泽东、周恩来亲自联名发起创办鲁迅艺术学院(以下简称"鲁艺"),李伯钊也因此被调回延安参与筹备工作。鲁艺成立后,李伯钊担任编审委员会主任兼女生学习指导员,也是院务会议和教务会议成员,还是晚会委员会委员。[①]1938年4月,由李伯钊编剧,吕骥、向隅作曲,借鉴西洋歌剧手法,以民族音乐为基础,创作了反映农民斗争生活的新歌剧《农村曲》。这一大胆尝试获得成功。7月1日,为欢迎世界学联代表团来延安,由左明任导演,鲁艺演出《农村曲》。六天后,鲁艺举行抗战周年纪念晚会,再次演出该剧。[②]金紫光回忆说,这时期新歌剧《农村曲》与话剧《流寇队长》、京剧现代戏《松花江上》同期演出,受到中央领导和广大观众的一致好评,很快流传到各地,甚至在前方和沦陷区附近都有演出,为新歌剧的发展奠定了基础。[③]1938年8月鲁艺实验剧团成立,李伯钊兼任组织科长。

　　1938年11月20日李伯钊离开鲁艺,次年初来到太行根据地,在北方局担任宣传科科长,并担任文教委员会委员,领导晋东南地区的文艺工作。山西民族革命艺术学校(以下简称"民革艺校")建立后,李伯钊又到民革艺校工作。民革艺校设有一个文艺工作团,但是还不具备演出能力,八路军总部的火星剧团也演技单薄,这时期李伯钊所创作的剧本大部分是由太行山剧团演出的。[④]太行山剧团曾到民革艺校受训三个月。

---

①② 谷音、石振铎、傅景瑞合编:《鲁迅艺术学院》第一辑《鲁迅艺术学院——沈阳音乐学院大事记(上)》,沈阳音乐学院《东北现代音乐史》编委会:《东北现代音乐史料》第一辑,1983年4月,第3页。

③ 金紫光:《灿烂的中国歌剧艺术——歌剧事业的回顾与前瞻》,《新文化史料》1994年第2期。

④ 阮章竞口述,方铭、贾柯夫记录整理:《异乡岁月——阮章竞回忆录》,文化艺术出版社,2014年,第94页。

李伯钊还把晋东南地区的剧团都集中到长治，搞过一次戏剧会演。[①]

根据形势变化，1939 年秋，北方局决定将派到民革艺校的党员干部和艺术骨干撤出来。11 月底，全国文艺界抗敌协会晋东南分会成立，李伯钊当选为理事，负责组织大批文艺工作者参加百团大战。百团大战结束后，李伯钊编演了活报剧《庆祝百团大战光辉胜利》和独幕剧《一天一夜》等。[②]1940 年初，北方局决定以从民革艺校撤出的党员干部和文艺骨干为基础，创办晋东南鲁迅艺术学校，也称前方鲁迅艺术学校（以下简称"前方鲁艺"），李伯钊担任校长兼支部书记。[③]前方鲁艺设有戏剧系，李伯钊在此期间又创作了多幕剧《老三》《母亲》和《金花》等。[④]

1941 年初，李伯钊因治病需要回到延安，担任中共中央文委地方工作科科长，并被选为陕甘宁边区文艺界抗敌协会分会理事，还担任《抗战生活》的编委。抗日战争胜利后，任中央党校文艺工作研究室主任，并主持文艺创作室的工作，还参加了陕甘宁边区文化工作委员会和剧作委员会的工作。1946 年 5 月，李伯钊率领延安土改工作团到晋西北临县土改重点实验区双塔村参加土改实验，并组织工作队排演《兄妹开荒》《土地还家》等小戏。在这期间，李伯钊曾经到一个硫磺厂帮助那里开展工作，后来创作了新歌剧《硫磺厂》。[⑤]

1948 年 5 月华北局成立后，李伯钊担任华北局文委委员、华北局文联副主任和华北人民文工团团长。北平解放后，李伯钊担任北平市军事

① 阮章竞口述，方铭、贾柯夫记录整理：《异乡岁月——阮章竞回忆录》，文化艺术出版社，2014 年，第 91 页。

② 卢弘：《李伯钊传》，中国华侨出版公司，1989 年，第 118 页。

③ 牛犇：《忆李伯钊在太行山》，《新文化史料》1997 年第 6 期。

④ 何立波：《"红色戏剧家"李伯钊》，《档案时空》2007 年第 7 期。

⑤ 卢弘：《李伯钊传》，中国华侨出版公司，1989 年，第 125 页。

管制委员会下属文化接管委员会文艺处副处长。[①]北平市文化接管工作告一段落之后，李伯钊担任中共北平市委员会文委书记。她也被选为全国第一次文代会代表，并被推选为平津代表第一团团长。[②]在6月30日文代会预备会上，李伯钊还被推选为常务主席团成员。

吴雪与青艺

吴雪，1914年出生，原名吴开元，四川岳池县普安镇人。从小受家乡川剧"泰洪班"影响，酷爱戏剧，读小学时曾演出川剧《打渔杀家》，初露表演才华。1934年7月参与创办四川重庆西南话剧社，任剧务主任。1936年到成都从事救亡活动，参与创办"剧人协社"，为支援绥远抗战开展业余募捐义演。

1937年，吴雪只身到上海从事救亡活动，1938年元旦（一说为1937年底）在武汉牵头成立"四川旅外剧人抗敌演剧队"，回四川开展演出活动，在重庆演出阳翰笙的《塞上风云》，引起轰动。1938年3月加入中国共产党。四川第一个戏剧支部成立，吴雪任组织委员。1940年（一说为1939年），吴雪来到延安。1940年1月延安成立了泽东青年干部学校，校内有个艺术班，学员主要是从前线归来的西北青年战地工作团成员。吴雪等人到延安后，也被编入这个艺术班。1940年5月又以这个艺术班为基础，联合西北青年救国会总剧团及小小剧团合并成立了延安青年艺术剧院（以下简称"延安青艺"），由塞克任院长，吴雪和王正之任副

---

① 卢弘：《李伯钊传》，中国华侨出版公司，1989年，第125页。
② 《全国文代大会筹备会开七次扩大常委会，通过各代表团负责人选》，《人民日报》，1949年6月28日。

院长，高沂为党支部书记，归中央青委直接领导。贺绿汀、陈戈、胡沙、雷平、邓止怡、田雨、于真、王影、黄宇、戴碧湘、黎虹、宁森、李力、朱漪、胡果刚、王永年、田兰、李之华、白凌、周来、林开甲等一批文艺工作者都曾在延安青艺工作过。1943年吴雪导演的多幕四川方言话剧《抓壮丁》在延安杨家岭为中共中央领导演出，受到中央领导的一致好评，据说毛泽东连续看了三次，每次都笑得前仰后合。

延安青艺于1943年同陕甘宁边区部队艺术学校合并，成立了联防军政治部宣传队（以下简称"联政宣传队"）。11月7日，中宣部做出《关于执行党的文艺政策的决定》，要求文艺要更好地服务于民族与人民的解放事业，接着西北局宣传部召开会议，决定延安各文艺团体和学校要立即下乡。1944年4月28日西北局文委开会总结延安各剧团、秧歌队下乡经验，吴雪还在会上报告了下乡工作经验。

抗战胜利后，中共中央立即着手抽调干部去东北、华北开展工作，先后组织了"挺进东北干部团"、东北文艺工作团和华北文艺工作团。9月下旬，中央青委又从联政宣传队抽调了吴雪、李之华、雷平、罗伯忠、沈贤、田兰、周来、朱漪、林开甲等十几个人，同延安鲁艺的任虹、范景宇、罗正、刘沙、罗立韵等人联合组成青艺小分队，与蒋南翔领导的五四大队（青运干部大队），跟随由李富春率领的一支北上干部大队从陕甘宁边区徒步向东北进发。[①]11月走到张家口，12月中旬青艺小分队接到指示，继续出发北上。这时吴雪和李力病倒了，留在张家口养病，吴雪的爱人吴一铿留下来照顾他们。因为平津地区已经被国民党军队占领，青艺小分队就从内蒙古草原前往东北。在荒无人烟的沙漠和草原中跋涉，体会到了红军长征的艰难，大家都讲这是在进行长征补课。不但要经受

① 李之华、伍平：《坚定的步伐 嘹亮的歌声——解放战争中的东北文工二团》，《黑龙江革命文化史料》第一集（佳木斯专集），黑龙江省文化厅，1989年，第33页。

寒冷和缺粮的考验，还经常迷路。最后是任虹经过观察，发现了履带车碾轧的路痕，猜测这是苏联红军从内蒙古进入东北时的坦克留下来的，就沿着这条影影绰绰的路迹向前走。终于经过十四五天的时间算是到了西满白城子。西满军区领导陶铸将戴碧湘、雷平、林开甲暂时留在西满工作，小分队于1946年1月继续向东北局所在地海龙前进。到了海龙，立即开展宣传工作。经彭真等领导决定，以青艺小分队的十二名演员为基础，组成东北文艺工作第二团（以下简称"东北文工二团"）。①东北文工二团成立后，在海龙吸收了吴峰、肖曲（原名曲宏达）、肖芊等人，不久又吸收了一批青年如杨克、鲍占元、冯绍宗、李雨、段承滨、伍平、朱奇等，人数发展到120余人。②后来还吸收了一批七八岁、十几岁的儿童，成立儿童队进行培训。

1946年5月，吴雪赶到哈尔滨，与东北文工二团会合，任副团长兼支部书记，团长是任虹，还有一名副团长是李之华。吴雪到哈尔滨后，东北文工二团排演《白毛女》，吴雪任导演，也演杨白劳。刚演了八场，因国民党军队已经占领了四平和长春，哈尔滨局势紧张，东北文工二团遵照东北局宣传部的命令撤退到佳木斯。③东北局将从延安来的各文化机构和文艺团体都集中安置在了佳木斯。6月中旬东北文工二团抵达佳木斯时，总政治部文艺工作团和抗日军政大学四分校所属军大文工团仍在开展"红五月"宣传活动，东北文工二团也投入这一宣传活动中去，任虹曾组织军大、东大和联中学生300余人排演了《黄河大合唱》。④吴雪、

① 李之华、伍平：《坚定的步伐 嘹亮的歌声——解放战争中的东北文工二团》，《黑龙江革命文化史料》第一集（佳木斯专集），第35页。

②④ 马珩：《佳木斯在解放战争时期的革命文化活动》，《新文化史料》1998年第2期。

③ 吴雪：《对东北文工二团的回忆》，《黑龙江革命文化史料》第一集（佳木斯专集），第26页。

邓止怡、沈贤、马纳等人还进入佳木斯京剧界各个班次，组织旧艺人翻身运动。1947 年 1 月成立了全国第一个旧艺人翻身协会，组织京剧艺人演出《三打祝家庄》《逼上梁山》等新编历史剧。

1946 年初冬，东北局宣传部长凯丰要求东北文工二团创作一些反映东北人民斗争生活的好作品，于是任虹带领音乐小组、李之华带领创作小组下乡采风，并招收了两名民间艺人罗镇铭和于永宽，他们会演二人转，于永宽还会唱大鼓、会扭秧歌。全团演员向他们学习跳东北秧歌、唱二人转。1947 年春节前后，为宣传土地改革，东北文工二团就在佳木斯开展秧歌运动，发动各单位组织秧歌队，表演"翻身大秧歌"。东北有蹦蹦戏，有二人转，那时候是老太太拿着大烟袋，划旱船，扭大秧歌，吴雪等人加以改动，赋予了大秧歌革命的内容，改为"翻身大秧歌"，由扮演工人的举斧头，扮演农民的举镰刀，架起仪门。东北秧歌拿斗的带头，吴雪就手拿大斗带头跳秧歌，口念贺词，鞠躬拜年，全队唱《东北风》，舞出二龙吐须打圆场后开始秧歌剧演出。秧歌剧运动中，创作了秧歌剧《光荣灯》和话剧《反"翻把"斗争》等优秀剧目。①

东北文工二团的"翻身大秧歌"和秧歌剧在东北各地受到广大群众的欢迎，也得到了东北局的表扬和奖励。根据东北局宣传部的决定，东北电影公司在鹤岗把东北文工二团的表演拍成纪录片，即《民主东北》第三辑。而东北文工二团创作的话剧《反"翻把"斗争》则是最具代表性的作品。这是李之华跟随合江省民运工作第一团和第二团到桦川县和依兰县参加土改以后创作的反映东北土改运动的作品。本来想写成歌剧，后来又觉得用话剧形式表现更有力一些，但话剧需要布景，在农村演出不方便，最后借鉴晋察冀搞话剧时利用"自然景"的经验，把戏剧架构

---

① 马珩：《佳木斯在解放战争时期的革命文化活动》，《新文化史料》1998 年第 2 期。

在一个小马架前面，独幕一景。虽然结构上受到限制，但由于构思巧妙，生动刻画了东北农村及东北农民的特性，演出后受到好评，东北局领导观看后也给予了很高评价。1947 年 7 月 13 日东北局宣传部决定为李之华记大功一次，全体导演、演员和舞台工作者集体记大功一次，并决定在东北解放区普遍开展秧歌与秧歌剧演出活动。冯绍宗回忆说："一个排《反'翻把'斗争》，一个闹大秧歌，因此东北文工二团在东北就成为很响亮的文艺团体，很有名望的。"[1]

1948 年末，东北文工二团随第四野战军入关，1949 年初到达北平，驻在东单。[2]吴雪说，刘芝明到东北局当宣传部长后就想留下东北文工二团，在东北搞剧场艺术，搞戏剧，但是东北文工二团拍的纪录片电影在关内上映了，被中央首长看见了。[3]中央首长在西柏坡观看了《民主东北》第三辑，发现东北文工二团是由原来的延安青艺发展出来的。当时冯文彬正在筹备成立中国新民主主义青年团，是他以青年团中央的名义请示周恩来，经中共中央同意后，将东北文工二团调到北平的，冯文彬想以此为基础组建中国青年艺术剧院。东北文工二团抵达北平后，即划归青年团中央领导，以此为基础，1949 年 4 月 16 日正式成立了中国青年艺术剧院，由廖承志任院长，吴雪任副院长，直属中国新民主主义青年团中央委员会领导。[4]

---

① 冯绍宗访谈录。

② 《中国青年艺术剧院大事记（1949—1999）》，张健钟主编：《半个世纪的舞台历程——中国青年艺术剧院》，中国青年艺术剧院，1999 年，第 164 页。

③ 吴雪：《对东北文工二团的回忆》，《黑龙江革命文化史料》第一集（佳木斯专集），第 32 页。

④ 里克：《从延安青艺到中国青艺》，《戏剧电影报》1981 年第 18 期；戴碧湘：《给编辑部的信》，《戏剧电影报》1981 年第 20 期。

正因为青艺有悠久的历史，也有 103 人的文艺队伍，所以一开始中央青委就考虑以青艺为主组建出国文工团，并以吴雪为出国文工团负责人之一。

丁里与华北联大文工团和抗敌剧社

丁里是抗战期间延安和晋察冀边区公认的才子。原名贾克威，后来在上海从艺时还用过"贾卓尔"的名字。1915 年出生于山东济南，1933 年毕业于济南美术专科学校，本来是一位漫画家，后来成为一名演员兼剧作家。

1935 年 9 月，丁里在上海参加了中国左翼戏剧家联盟业余剧人协会。1937 年全面抗战爆发后，参加上海文艺界组织的抗日救亡演剧队第一队，于 1938 年 2 月到山西临汾一带为八路军演出。3 月，受李伯钊的邀请，与崔嵬一起来到延安，参与筹建鲁迅艺术学院，被聘为鲁艺美术系教员，也是教务会议成员和考试委员会陪考。1938 年 7 月，丁里加入了中国共产党。鲁艺演出李伯钊创作的新歌剧《农村曲》时，丁里是男主角，冼星海组织《生产大合唱》，丁里也是其中的独唱演员。

1939 年 6 月中共中央决定组建华北联合大学（简称"华北联大"），延安鲁艺一部分教职学员被编入华北联大文艺部，丁里任华北联大文艺部美术系教员。7 月 12 日，丁里与华北联大师生一起从延安出发，东渡黄河，于 10 月初来到晋察冀根据地，分散在阜平县城南庄附近的几个村庄上课。[①]华北联大设有文艺工作团，一开始由黄天任团长兼党支部书记，1940 年初反扫荡胜利后进行了调整，由华北联大文艺部部长沙可

---

① 丁帆：《成仿吾与华北联合大学》，《新文化史料》1997 年第 6 期。

夫兼任名誉团长，丁里任团长。[①]戏剧创作、导演和演出也从此成为丁里的主业。[②]

王一之回忆说，他最早是 1939 年在西北战地服务团李劫夫那里看到延安出版的美术刊物上有丁里创作的招贴画《上前线去》，李劫夫向他介绍说丁里是鲁艺美术系的教员，后来又从华北联大的校刊上见到丁里的漫画，一直以为他只是一个美术家。1941 年初，八路军解放平山县温塘镇后召开万人庆祝大会，华北联大文工团来演出。演出前，只听一声锣响，台上走出一位戴眼镜的报幕员，这人就是丁里。演出歌剧《拴不住》，丁里是导演，他还参加活报剧《参加八路军》的演出，扮演一个老人，第一个出场唱"人民被屠杀"，才发现他不仅能画，还能导、能演、能唱，如此多才多艺。[③]其实丁里还能写，这时期创作了《春耕快板剧》等。

丁里不仅导演《拴不住》这样的小歌剧，还与崔嵬导演了果戈里的名剧《巡按》，以及侯金镜根据高尔基同名小说改编、沙可夫整理的大型话剧《母亲》。[④]虽然这次演出规模大、水平高，但是这并不是边区戏剧运动的发展方向，于是华北联大文工团深入了解斗争生活，创作出更多反映现实的作品，很快丁里即编写了《两亲家》。日伪扫荡的残酷现实，边区人民宁死不屈、英勇对敌的动人事迹，使丁里难以抑制满腔义愤和战斗激情，他又和曲作者陈地连夜突击，花了几个昼夜写出了反映反扫荡胜利的大型歌剧《钢铁与泥土》。[⑤]该剧上演时，丁里还亲自在剧中扮演二排长——钢铁。这出戏剧反映了晋察冀边区军民在反扫荡中发扬阶

---

① ④　丁帆：《群星闪耀的集体——忆华北联大文工团》，《党史纵横》1993 年第 4 期。

② 　胡可：《〈丁里漫画集〉序言》，《军营文化天地》2014 年第 9 期。

③ ⑤　王一之：《多才多艺的革命艺术家——怀念丁里同志》，《新文化史料》1996 年第 5 期。

级友爱和坚贞不屈精神的英雄事迹,演出后反响强烈,感人至深,影响较大,获得晋察冀边区文联"鲁迅文艺奖"戏剧创作甲等一类奖。①当时中共晋察冀分局提出加强民族气节的教育,开展"军民誓约"运动,《钢铁与泥土》正好配合了这一运动,所以许多剧社都演出过该剧。王一之回忆说,1941年反扫荡结束之后,晋察冀四分区火线剧社决定排演《钢铁与泥土》,分配王一之演钢铁排长,翻开剧本,作者又是丁里,由此得知他还是剧作家。②

1942年,由于日伪的蚕食政策,根据地缩小,加之粮荒,是整个晋察冀根据地最困难的一年。这年11月,根据中央精简精神,华北联大缩编,仅保留教育学院,其他学院和文工团被裁撤,华北联大文艺部和文工团的大部分干部、学员被分配到晋察冀边区各党政军机关,部分干部和年纪小的学员被调回延安,③也有部分干部和学员被调到抗敌剧社,丁里就是这时候进入抗敌剧社的。

抗敌剧社隶属晋察冀军区政治部,1937年12月21日在河北省阜平县城内的一所小学校内成立,初名晋察冀军区政治部宣传队。1939年7月,抗敌剧社与抗大二分校文工团合编,华北联大文工团部分成员加入后又进行了改编,由丁里任社长,丁里也于1942年11月正式入伍。王一之说,丁里身体很棒,他有一盘石锁,天天举练,长年不断。每以其发达的肌腱示人,不无自豪之感。他参加军队文工团,虽是剧社最高领导,却和普通队员一样,执行着与连队战士同吃、同住、同操作、同游戏的"四同"规定,行军时也是自己背一个背包,到连队也是睡在一扇门板上,与大

---

① ③ 丁帆:《群星闪耀的集体——忆华北联大文工团》,《党史纵横》1993年第4期。

② 王一之:《多才多艺的革命艺术家——怀念丁里同志》,《新文化史料》1996年第5期。

家同甘共苦。①

　　1944 年秋，晋察冀军区各分区剧社奉命在军区所在地集中为军区一个重要会议演出。抗敌剧社也参加了这次会演，演出苏联科尔内楚克的话剧《前线》和梆子戏《血泪仇》，丁里也是主要演员，在《前线》里扮演前线总指挥戈尔洛夫，在《血泪仇》中扮演国统区进步人士党先生。②《前线》剧本发表于 1942 年 9 月，1944 年春，诗人萧三将中译本送给毛泽东看，毛泽东读后立即推荐给《解放日报》，5 月 19 日至 26 日在该报连载，6 月 1 日还发表了社论《我们从科尔内楚克的〈前线〉里可以学到些什么》。该剧还和郭沫若的《甲申三百年祭》一起被毛泽东提议作为全党的整风学习文件。6 月 7 日，中共中央宣传部和中央军委总政治部联合发出通知，要求各地干部学习两书的同时，有条件的根据地可排演话剧《前线》，抗敌剧社也是在这一背景下排演话剧《前线》的。

　　1944 年夏，原华北联大文工团的大部分成员随西战团回到延安参加整风学习。1945 年 8 月日本投降后，华北联大教育学院随军队迁到张家口，恢复原来所设的另外三个学院。这时，延安大学鲁迅文艺学院根据上级指示组织了华北文艺工作团，由艾青任团长，舒强任副团长，江丰任政委，9 月 12 日②从延安出发，走了五十多天，11 月③到达张家口，转入华北联大文艺部（文艺学院），一部分团员在华北联大文艺部参加领导和教学工作，剩下的原延安鲁艺和西战团的大部分成员重新组建了华北联大文工团。

　　当时抗敌剧社也在张家口。华北联大文工团成立后，曾与抗敌剧社合作，演出歌剧《白毛女》。1946 年 9 月国民党军队出动重兵进攻张家口，

---

① 王一之：《多才多艺的革命艺术家——怀念丁里同志》，《新文化史料》1996 年第 5 期。
② 一说为 9 月 21 日。
③ 一说为 10 月 8 日。

华北联大奉命转移到晋西北广灵，华北联大文工团也从大同前线撤向广灵。然后，华北联大经涞源、唐县、安国、深泽等县，经过为期两个月、行程八百里的"小长征"，转移到冀中平原，对外称"平原宣教团"，文艺学院改称三中队。11月16日到达束鹿县，三中队分住在小李家庄、贾家庄老乡家里。①华北联大文工团则在冀中平原开展宣传活动。

抗敌剧社也从张家口撤到广灵，然后在丁里、刘佳等人的带领下，到沙城、新保安一线的部队中去演出，是谓"东线入伍"。1947年，解放军发动著名的南线战役，从解放正定开始，一路南下西进，抗敌剧社也跟随部队前进，为部队演出，并做一些后勤工作。

1947年11月，石家庄解放前夕，华北联大文工团为迎接石家庄解放突击排练《血泪仇》。11月12日石家庄解放后，华北联大文工团即于11月底开赴石家庄，深入市区、工厂和郊区农村开展宣传活动，演出《血泪仇》《白毛女》等，还创作了《一百万》《李顺坦白》和《大报冤仇》等剧。到1948年春，抗敌剧社、华北平剧院、群众剧社、工人剧社、火线剧社和前线剧社等文艺团体也先后进驻石家庄，抗敌剧社驻在石家庄郊区塔坛村，华北联大文工团和抗敌剧社再次一起在一个城市活动。1948年4月末，华北联大文工团回校，到正定，住在大佛寺东跨院。

1948年5月20日，晋察冀解放区与晋冀鲁豫解放区合并为华北解放区，华北联大文工团到平山为华北解放区（华北局）工作会议演出，不久又去泊头镇为迎接城市解放，给城工部召开的平津保地下工作会议进行慰问演出。10月，中共中央决定将原晋察冀解放区的华北联合大学与晋冀鲁豫解放区的北方大学合并成立华北大学，原华北联合大学文工团也改为华北大学文艺工作团（以下简称"华大文工团"），舒强任团长，

---

① 丁帆：《成仿吾与华北联合大学》，《新文化史料》1997年第6期。

牧虹和边军任副团长。又从原华北联大戏剧系和音乐系二班以及原北方大学艺术学院调一些人员到华大文工团，规模进一步扩大。①

华大文工团成立后，在石家庄演出逯斐、陈明编写的话剧《十九号》，11月又为迎接太原解放，行军到榆次，到前线为解放军演出，创作了《喜临门》《想错了》等剧本，以及《打开太原城》《太原解放了》等十几首歌曲。这时从莫斯科卢那察尔斯基戏剧学院（今俄罗斯戏剧艺术科学院）毕业回国的孙维世已经来到华大文工团，导演了李建庆、吕翎编剧，张鲁作曲的喜剧《一场虚惊》，受到好评，一直演到北平。②

12月初，当平津战役取得胜利之时，华大文工团又被从太原前线调回，1949年1月4日赶到长辛店待命，准备进入北平。这时华大文工团改为华大文工团第一团，华大三部文艺学院工作团改为华大文工团第二团，不久又成立了华大文工团第三团。此外集中到长辛店的还有华北平剧院，有李和曾等名角，阵容也十分强大。不久抗敌剧社也来到长辛店，还重新排演了丁里编导的话剧《子弟兵和老百姓》，在长辛店演出，工人们看得欢腾跳跃，得到好评。③

1月15日天津解放后，抗敌剧社、华北群众剧社和华北联大部分人员一起，组织了三个宣传大队，在入城指挥部的统一指挥下，进入天津城，共同筹备入城式会场及街道牌楼的布置和演出任务。在天津抗敌剧社白天排戏，晚上演出，演出《蒋匪末日》《买卖公平》和《喜相逢》等活报剧、独幕剧。

1月22日傅作义在《关于和平解决北平问题的协议》上签字，1月31日解放军入城接管防务。北平和平解放后，2月2日晚，华大文工团

---

①② 丁帆：《群星闪耀的集体——忆华北联大文工团》，《党史纵横》1993年第4期。

③ 王一之：《多才多艺的革命艺术家——怀念丁里同志》，《新文化史料》1996年第5期。

正在排练节目，贾克匆忙进来向舒强也是对大家说："同志们，连夜进北平！"于是华北联大文工团全体成员收拾行装，坐上汽车驶向北平，从卢沟桥进入章仪门，到北池子草垛胡同十二号驻地时，已经是半夜两点多了。[①] 2月3日参加了解放军入城仪式，华大文工团还为此突击创作了《庆祝解放大秧歌舞》。华大文工团开展街头宣传活动，表演秧歌、《胜利腰鼓》和歌咏，还在国立北平艺术专科学校和铁路管理局大礼堂演出《王大娘赶集》《一场虚惊》《喜临门》等。当《王大娘赶集》在国立北平艺术专科学校礼堂演出时，文艺界同人对郭兰英饰演的玉池这个角色赞不绝口。欧阳予倩看后说："这个健康新鲜的小歌剧，我是第一次看，真是太好了，太好了！不足的是舞台调度上还需做些调整，如你们愿意我可帮助加工修补。"经欧阳予倩的精心处理，该剧又有很大提高，后来它便成为中央戏剧学院歌剧团的保留剧目之一。[②]

2月12日，北平市举行了庆祝北平和平解放大会，全市开展接管政策大宣传，北平市军事接管委员会所属文化接管委员会要华大文工团给傅作义起义部队师级以上军官演出歌剧《白毛女》。于是华大文工团由舒强任导演，组织排练《白毛女》，虽然时间紧，任务急，好在《白毛女》本来是华大文工团的保留剧目，也是华北联大文工团的传统剧目。不过，虽然导演和大部分演员都是轻车熟路，但毕竟是在北平的大剧院演出，不仅景片增多，而且有平台、高台，所以也有一些新的艺术探索。为适应舞台增加了群众演员，音乐也做了大的调整，在保持延安时代的原有风格特点的同时，运用斯坦尼斯拉夫斯基的表演体系，并结合中国民族

---

① 丁帆：《"喜儿"进京城——〈白毛女〉北平上演的前前后后》，《党史纵横》1992年第2期。

② 丁帆：《我所知道的郭兰英——兼谈对她的一些讹传》，《新文化史料》1999年第2期。

戏曲传统表现手法，使得《白毛女》无论从内容到形式，还是从生活到艺术，都比较深刻、完美地统一表现了出来。[1]经过几天的紧张突击排练，2月16日晚，《白毛女》在北平西长安街国民大戏院（今首都电影院）正式演出，观众主要是傅作义起义部队的将领们，还有国民党政府和谈代表张治中、邵力子等，[2]是周恩来陪他们来的，金山和张瑞芳也来了，还有其他一些观众。

丁帆回忆说，当时整个台上台下包括剧场内外都异常严肃，演出过程中场内安静极了，傅作义部队的起义将领们坐在观众席上一动不动，好像泥塑一样，不仅没有满堂彩，连一个鼓掌的都没有，于是舞台监督慌了，后台主任慌了，演员们也都沉不住气了，不知道是哪里出了问题。当戏演到一幕四场，杨白劳被恶霸地主黄世仁强逼着按上手印，卖掉亲生女儿而悲愤地喝卤水自杀身亡，穆仁智强拉喜儿去抵债的场面时，台下观众中才隐隐出现了一片唏嘘声，有人用手帕擦眼泪，后来便相继出现抽泣声，整个剧场沉浸在悲愤的气氛中，后台人心总算稳定下来。到落下大幕，全场响起暴风雨般的掌声。邵力子看过戏后回到招待所时夜已很深，久久不能成寐，连连称赞《白毛女》是一出最好的戏。[3]金山和张瑞芳到后台与演员交谈，一直赞不绝口。在戏院门口，也还有许多观众在等待着要与演员见见面。

华大文工团的《白毛女》在北平连续公演了近20场，观众特别是大学生们，观看非常踊跃。后来华大文工团因参加华大三部的教学工作，不得不将公演停了下来。受《白毛女》的感染，不少大学生参加了南下工作团，有的直接考入华大三部或文工团。[4]当华大文工团在国民大戏院进行第二阶段《白毛女》演出时，楼上第一排中间的座位，天天都被画

---

①②③④ 丁帆：《〈白毛女〉北平首演记》，《新文化史料》1996年第5期。

家李可染包下了。1961 年李可染遇到前民，对他说："你们演了一个月，我看了一个月，每天看戏，我都在画你们台上的每一个人。"①

丁里率抗敌剧社进入北平后，也参与北平市文化接管委员会文艺处的工作，在下属一个组担任组长，②与李伯钊是同事。而且，丁里和李伯钊都被推选为出席第一次中华全国文艺工作者代表大会的代表。同为第一次文代会代表的王林在日记中提到，他从杜锋那里听说丁里要带一班人到世界青年联欢节去演戏，因为他们向毛主席屡次要求之故。③丁里是否主动向毛泽东要求参加出国文工团，现在不得而知，但是他不仅多才多艺，而且与李伯钊和华大文工团渊源颇深，而出国文工团从华大文工团抽调的演员也比较多。

在文艺界还有一个丁里，就是北京人艺的"道具大师"丁里。他本名曹用礼，天津武清人，1948 年随后来也成为表演艺术家的同学、地下党员李守海撤退到了解放区，李守海改名李丁，曹用礼就将李丁反过来，又把"李"字改为"里"字，于是就成了"丁里"。曹用礼和李守海一起参加了"七七剧社"。曹用礼最初也是演员，新中国成立初期还在华大文工二团参加了《民主青年进行曲》的演出，在戏里扮演一个工友，后来才改行做道具工作。④

① 丁帆：《"喜儿"进京城——〈白毛女〉北平上演的前前后后》，《党史纵横》1992 年第 2 期。

② 卢弘：《李伯钊传》，中国华侨出版公司，1989 年，第 126 页。

③ 王林：《第一次文代会期间日记》，《新文学史料》2011 年第 4 期。

④《丁里：我的道具人生》，《法制晚报》，2015 年 9 月 2 日。

第三章 出国文工团

中共中央青委和青年团中央最初考虑以青艺为主，全国各文工团体共同商定出国文工团成员，并选拔部分民间艺人，凑足70人。[①] 由全国各文艺团体协商推选出国文工团成员，并选派部分民间艺人，但是时间仓促，而全国许多地方尚未解放或刚刚解放，从各地抽调演员有一定困难，最后只得决定绝大部分演员从青艺、华大文工团和华北人民文工团抽调。

来自青艺的成员

1949年6月，青年团中央最初制订的方案是，除吴雪外，计划还从青艺抽调肖曲（曲宏达）、任虹、邓止怡、范景宇、雷平、沈贤、罗伯忠、于真、杨克、吴峰、鲍占元、曹伯颙、张静、王湘等17人。[②] 而根据7月14日新华社记者从民主青年代表团负责人那里了解到的64人的出国文工团名单，从青艺抽调的包括吴雪、沈贤、罗伯忠、任虹、邓止怡、田雨、吴峰、曹伯颙、杨克、鲍占元、王湘、肖芊、冯绍宗、于真、雷平、范景宇、朱奇、尚鸿佑、肖曲（曲宏达）、张静等20人。现在中央档案馆保存的7月15日青年团中央提出的出国文工团一共68人，其中来自青艺的为吴雪、任虹、沈贤、罗伯忠、邓止怡、吴峰、曹伯颙、杨

---

① 中央青委：《关于出席世界第二届青年节和全世界第二届青年代表大会的计划》，1949年6月1日，中央档案馆，Z241-1-55-1。

② 《中国新民主主义青年团中央委员会致中央广播事业管理处冯文彬函》，中央档案馆。

克、鲍占元、王湘、肖芊、冯绍宗、于真、雷平、范景宇、朱奇、尚鸿佑、肖曲（曲宏达）、张静和田雨，共计 20 人。

表一　来自青艺的出国文工团成员情况（1949 年 7 月 15 日）[①]

序号	姓名	性别	籍贯	出生年月日	所属单位（职位）
1	吴雪	男	四川岳池	1914.9.14	青年艺术剧院院长
2	任虹	男	贵州黄平	1911.10.25	青年艺术剧院副院长
3	沈贤	男	上海	1920.2.1	青年艺术剧院演出科副科长
4	罗伯忠	男	四川新都	1923.4.22	青年艺术剧院少年儿童队队长
5	邓止怡	男	湖南永兴	1920.6.3	青年艺术剧院演出科科长
6	吴峰	男	辽北海龙	1917.10.12	青年艺术剧院分队长
7	曹伯颐	男	吉林	1926.8.6	青年艺术剧院
8	杨克	男	吉林磐石	1929.3.26	青年艺术剧院分队长
9	鲍占元	男	河北滦县	1927.1.15	青年艺术剧院
10	王湘	男	黑龙江瑷珲	1919.2.16	青年艺术剧院音乐队副队长
11	肖芊	男	吉林海龙	1930.3.10	青年艺术剧院装置队
12	冯绍宗	男	松江宾县	1930.7.27	青年艺术剧院队长
13	于真	女	河南开封	1924.12.19	青年艺术剧院研究室演导组
14	雷平	女	四川成都	1921.10.8	青年艺术剧院研究室演导组
15	范景宇	男	察哈尔张家口	1915.9.19	青年艺术剧院研究室创作组
16	朱奇	女	吉林延吉	1932.12.23	青年艺术剧院
17	尚鸿佑	男	松江哈尔滨	1937.8.1	青年艺术剧院少年儿童队
18	曲宏达	女	辽北海龙	1928.7.15	青年艺术剧院
19	张静	女	辽宁沈阳	1925.8.9	青年艺术剧院
20	田雨	女	湖北汉口	1917.3.27	青年艺术剧院舞蹈教员

任虹，1911 年出生于贵州省黄平县，毕业于上海音乐专科学校，1937 年 9 月开始在贵州从事救亡歌咏运动。严金萱当时在达德中学上初

[①]《出席世界青年与学生节代表团名单》（1949 年 7 月 15 日），中央档案馆。

中，即参加了"筑光音乐会"，跟任虹学过音乐。[1] 1938 年 5 月，任虹加入了中国共产党，1939 年 5 月 3 日到延安，曾任延安鲁艺音乐演出科科长，教授音乐。抗日战争胜利后被派到东北，曾担任东北文工团第二团团长，创作了《美军快滚蛋》《参军》《保卫四平》和《子弟兵进行曲》等歌曲。青艺成立后，任青艺副院长。

田雨，1917 年出生于湖北省汉口市，1936 年夏参加革命工作，1938 年入党，在抗敌演剧队第三队任演员编导。她在出国文工团中担任行政小组组长。罗伯忠在出国文工团中负责总务。青艺成立时，他仍担任青艺少儿队队长。范景宇曾在东北文工二团任演员队队长。他于 1915 年出生于张家口，1936 年在北平美术专科学校读书时参加黎明剧社演剧活动。1937 年参加西安大风剧社抗敌宣传队，1938 年在延安鲁艺戏剧系实验话剧团任演员。

雷平，原名雷锦仙，1921 年出生于四川省长寿县，1937 年毕业于四川艺术专科学校，同年参加中共地下党领导的四川旅外剧人抗敌演剧队，投身抗日救亡运动。1940 年随演剧队奔赴延安，入延安泽东青年干部学校艺术部学习，同年秋参与组建延安青年艺术剧院。1945 年加入中国共产党，被派往东北，参加了东北文工二团。1948 年随军入关，任中国人民解放军第四十四军文工团党支部书记，参加过平津战役。

邓止怡（1920—1982）是湖南永兴人，1938 年入陕北公学学习，并加入中国共产党。在文艺队伍里，他拉过大幕，后来成为歌咏指挥，又当了演员，还谱过曲，排过戏，样样都很出色，是有名的多面手。朱奇觉得，她自己被选上也是因为她不仅会打腰鼓、扭秧歌，也会唱歌，除了需要郭兰英、李波这样的老演员，也需要配一些小的，就把她们调去了。[2]

---

① 王雁采访，李丹阳整理：《严金萱口述抗战时期延安、晋察冀根据地文艺工作》，《上海革命史资料与研究》第 14 辑，上海古籍出版社，2014 年，第 487 页。

② 朱奇访谈录。

吴峰和肖曲（曲宏达）、肖芊等人都是东北文工二团在海龙吸收的演员，吴峰擅长吹唢呐。不久，在哈尔滨及其附近地区，又吸收了杨克、鲍占元、朱奇、冯绍宗等人。

冯绍宗是在他的老家宾县参加东北文工二团的。1947 年 5 月，为了排演独幕话剧《反"翻把"斗争》，副团长李之华带领东北文工二团到哈尔滨周边小城宾县农村体验生活。排戏时深感人力不足，没有群众演员影响排戏进度，于是决定扩编队伍，招收新人。一方面搞宣传工作，另一方面物色挑选演员。当时冯绍宗在宾县四中读书，四中新来的校长叫康蒙，是个新四军老干部。在他的领导下，四中停止上课，学习革命理论，大搞宣传活动。冯绍宗是个活跃分子，担任了四中民主青年同盟的组织部长。他组织演活报剧、演讲比赛等活动。在一次纪念"四八烈士"演讲会上，正巧东北文工二团的老演员陈莲玉在场，发现冯绍宗演讲流畅，感情充沛，就看中了他，就动员他参加东北文工二团。

陈莲玉说："你参加我们二团吧。"

冯绍宗问："二团是干什么的？"

陈莲玉说："二团是搞文艺的，演话剧。"

冯绍宗说："我喜欢搞文艺，愿意参加。"

陈莲玉就说："那你明天到县政府二团驻地报到吧。"

"行，我去。"冯绍宗爽快地答应了。

冯绍宗那时已经是三年级，到年底就要毕业了，面临着升学还是就业的问题。他本来报考了东北军政大学和东北医科大学，但是由于家里穷，连吃饭的钱都没有，只能在舅舅和姨家轮流吃点，不能等东北军大和东北医大发通知了，遂决定先报考东北文工二团找个吃饭的地方。

冯绍宗到东北文工二团的第二天就分配他演民兵队员的角色，他没看过话剧，也不知话剧是何物，上台紧张得说不出话来。后来在老演员的帮助下，他又勤学苦练，逐渐适应了舞台演出。为了庆祝中国共产党成立26周年，东北文工二团到哈尔滨为东北局领导等党政干部演出《反"翻把"斗争》，一炮打响，轰动东北，并获得东北局颁发的集体一等功的奖励。为鼓励青年演员勤学苦练，给冯绍宗记小功一次。东北文工团二团也成了解放战争年代的"名牌文工团"，东北局宣传部总结了东北文工二团闹大秧歌运动的经验，决定在东北解放区普遍开展秧歌与秧歌剧演出活动。

鲍占元也参加过《反"翻把"斗争》的演出，在剧中扮演马奎五，还演过《从秋天到春天》里的一个中农。[①]鲍占元后来说，他那时其实还不知道怎样进行人物创造，只知道思考剧本中的人物是不是自己所见过的，并且拿真人去和所扮演的角色对照，看是不是他，如果是，就按着他是怎么生活的去演，排起戏来在台上走位真好像又回到了农村一样，像真实生活中似的可以自由地在台上走动。[②]

东北文工二团到佳木斯后，鲍占元、冯绍宗等人还参加了秧歌戏《参军》《军爱民民拥军》《喜报》等演出。这里值得一提的是，鲍占元、冯绍宗和陈莲玉是《喜报》的主要演员，这个戏套用东北二人转的形式，运用东北民间曲调，内容是"陈大妈儿子参军打仗立了功，当了战斗英雄，政府把喜报送到陈大妈家里"，内容新鲜，曲调好听，表演活泼有趣，很受东北观众欢迎。这个戏从北到南几乎演遍了大半个中国。当时的中国唱片公司还录制了唱片，在全国大街小巷播放。

冯绍宗被选入出国文工团时只有十九岁，他在布达佩斯不仅参加扭秧歌舞，打《胜利腰鼓》，还参加演出《牛永贵负伤》等节目。当时苏联塔斯社和匈牙利摄影记者为他拍了单人打腰鼓大照片，作为世青节宣传画册

①② 鲍占元：《我在表演上遇到的问题》，《戏剧报》1956年第3期。

封面，散发给参加联欢节的各国青年。

尚鸿佑年纪更小，参加出国文工团时尚未成年。他原来是东北文工二团儿童队的成员，参加东北文工二团时只有几岁，还流着鼻涕。他本来在县城一个学校上学，比较爱好文艺，自从看了东北文工二团宣传队的演出后，就想参加这个宣传队，但是家长不同意。后来家里发生了变故，一位同学的母亲劝他母亲说，你家境不好，不如把孩子送出去参加文工团，尚鸿佑的母亲就同意了。于是尚鸿佑就上了哈尔滨，参加东北文工二团儿童队。

当时东北文工二团在太阳岛上，尚鸿佑去报到的那天风很大，江上浪很高，渡船已经停运，没办法，就雇了一个老渔民的船，顶着风浪登上太阳岛。去了以后，就在那儿算参加革命队伍了。儿童队里有三十几个孩子，最小的八岁，最大的十几岁。当时儿童队的指导员是罗伯忠和陈桂兰。罗伯忠是四川新都县人，1938 年春即在成都参加大众抗敌宣传团群力社，开始进行街头宣传活动。当时吴雪带着儿童队，一有机会，就让他们去练功。尚鸿佑回忆说，他加入东北文工二团后继续读书和学习音乐，当时东北文工二团有一位姓罗的大爷，他是打鱼的出身，还唱东北二人转，一方面是让他们跟罗大爷学习民间艺术，另一方面也让罗大爷照顾他们的生活。①

尚鸿佑到太阳岛时已经是 8 月份了，天气很快就凉了，于是回到哈尔滨城里。这时给儿童队的孩子们每人发一件乐器，有的是二胡，有的是小提琴，还请了一个日本钢琴老师，一方面给大家伴奏，另一方面也教一些钢琴技法，教一些乐理知识，还请了吴晓邦来教舞蹈。后来也参加排一些小节目，如《胜利腰鼓》《进军舞》等，哪个城市解放了，就上大街上去宣传，打腰鼓。②

此外，青年艺术剧院导演孙维世也作为正式代表被选入中国青年代表

---

①② 尚鸿佑访谈录。

团，不过当时孙维世的单位写的是青年团中央联络部。①

来自华大文工团的成员

按照 7 月 15 日青年团中央提出的出国文工团名单，来自华北大学三部和华大文工团的为舒强、李焕之、边军、吴坚、张尧、萧磊、王昆、前民、丁帆、叶央②、李杰、吴竞、郭兰英、于夫、王铁锤、王小寿、孙铮、张斗云、王琴舫、孟于、仲伟和于中义，共 22 人。7 月 14 日新华社记者从中国民主青年代表团负责人那里了解到文工团名单也有这 22 人，只是叶央写作"叶扬"。③

7 月 14 日新华社记者提到的名单中没有周巍峙，而 7 月 15 日的名单中有他。周巍峙那时虽然在天津担任天津军管会文教部文艺处副处长，但他是 1945 年 11 月华北联大文工团重新组建后第一任团长。而且，他与王昆是夫妻，所以华大文工团的人都认为他是从华大文工团抽调去参加出国文工团的。

周巍峙原名周良骥，字骏伯，小名升官，1916 年出生于江苏东台县一个制版工人家庭，1927 年移居上海，十四岁时经二舅戈公振介绍，进入上海《申报》社工作。④1931 年"九一八"事变后，戈公振在国联调

---

① 《出席世界青年与学生节代表团名单》，1949 年 7 月 15 日，中央档案馆。

② 丁帆说叫"叶扬"，有的地方也写作"叶阳"。参见丁帆：《〈白毛女〉北平首演记》，《新文化史料》1996 年第 5 期。

③ 《出席世界青年节及世界青年大会我代表人选业已推定 即将携带大批展览图表及礼物启程赴匈》，《人民日报》，1949 年 7 月 16 日。

④ 丁山：《时代搏击者，乐苑长青藤——孙慎、时乐濛、周巍峙、赵沨艺术成就记略》，《人民音乐》1996 年第 6 期（总第 368 期）。

查团中央代表团任宣传参议，将周巍峙叫去担任宣传干事。周巍峙这时给自己取名"周歼夷"，以示抗日决心。然而，由于日本方面百般刁难，中国方面只能有五名代表参加，周巍峙被裁减了下来。[①]于是周巍峙又到邹韬奋的《生活日报》筹备处当文书，1932年冬又给李公朴担任私人秘书。从这时起，周巍峙开始学习吹口琴，学识简谱，到1934年就下决心钻研音乐，1935年参加了基督教青年会刘良模组织的民众歌咏会和吕骥组织的业余合唱团，以及田汉、任光领导的"苏联之友社"音乐小组等音乐团体。到1936年，周巍峙自己组织了新生合唱团等多个团体，还经常去教大陆商场店员歌咏队等团体唱救亡歌曲，成为上海抗日救亡歌咏运动的骨干，并被推选为中国歌曲作者协会执行干事。[②]

从这时起周巍峙开始试着谱写歌曲，他谱的第一首歌曲是《大家一条心》，后来又谱写了《九·一八纪念歌》《起来，铁的兄弟》《妇女大众战歌》等救亡歌曲。[③]1936年秋，傅作义率领晋绥军收复百灵庙，取得绥远抗战的胜利，上海文艺界的刘良模、吕骥、崔嵬、陈波儿等许多知名艺术家到绥远前线开展慰问演出，周巍峙还为这次演出谱写了《前线进行曲》（任钧作词）、《上起刺刀来》（孙师毅作词）等歌曲。1936年7月，周巍峙出版了大型抗日救亡群众歌曲集《中国呼声集》，"周巍峙"就是他出版此书时所用的笔名。该书刚一面世便被抢购一空，周巍峙也因此当选为上海救亡歌咏协会的干事。《中国呼声集》后来被当

---

① 齐荣晋：《周巍峙：英雄史诗，壮歌人生》，《党史文汇》2008年第4期。

② 丁山：《时代搏击者，乐苑长青藤——孙慎、时乐濛、周巍峙、赵沨艺术成就记略》，《人民音乐》1996年第6期（总第368期）。

③ 陈雄：《"雄赳赳，气昂昂，跨过鸭绿江"——周巍峙创作谈》，《音乐生活》2013年第11期。

局查禁，他又以《民族呼声集》的书名继续出版，署名"何立山"。[①]

1937年"八一三"淞沪抗战爆发后，8月29日周巍峙随李公朴、柳湜、桂涛声等人赴山西开展抗战宣传，9月在太原举办歌咏训练班，组织歌咏队、合唱团。李公朴返回南方时，周巍峙留在太原办"全民通讯社"。1938年春周巍峙离开山西来到西安，准备转赴延安。当时李公朴领导的抗战建国教学团和丁玲领导的西北战地服务团都在西安，李公朴希望周巍峙继续留在自己身边，而周巍峙这时一心想去延安，就婉言谢绝了。因西战团不久就要回延安休整，丁玲又再三动员，所以周巍峙就于1938年5月加入西战团，担任合唱指挥与歌咏组组长，并于这年7月由丁玲和王玉清介绍加入了中国共产党。[②]来到延安后，经过三个月的学习，1938年10月周巍峙被任命为西战团副团长，11月周巍峙即率领西战团到晋察冀根据地开展宣传活动。[③]

1939年4月，周巍峙率领西战团来到晋察冀军区三分区所在地河北唐县，当地干部群众向他们介绍说，这里有一位十二三岁的女干部有一副好嗓子，是远近闻名的"小歌手"。这个"小歌手"就是王昆。正好有一天王昆到下苇子村参加三分区冲锋剧社的演出，在台上唱了张寒晖的《松花江上》和马可的《江水红》，周巍峙听了，当即决定将她吸收入西战团。

王昆家是清末民初她曾祖父那辈从山西迁到河北唐县的，曾祖父王洛伏最初以挑担子走街串巷卖熟食为生，后来在县城南关开了一家名叫"茂盛馆"的饭铺，到20世纪20年代又在茂盛馆旁边开了茂盛院，与

①② 齐荣晋：《周巍峙：英雄史诗，壮歌人生》，《党史文汇》2008年第4期。

③ 丁山：《时代搏击者，乐苑长青藤——孙慎、时乐濛、周巍峙、赵沨艺术成就记略》，《人民音乐》1996年第6期（总第368期）。

五个儿子共同经营。随着家道兴盛，到王洛伏的孙子辈，也就是王昆的父亲王德寿这一代，堂兄弟十一人都能去学校读书，王昆的三叔王鹤寿考入保定第二师范，王仁寿、王增寿和王鸿寿也都到北平读书。[①]王昆的父亲王德寿留在唐县，到一家有名的钱庄学做生意。[②]

王昆生于1925年，乳名兰玉，自幼喜欢听戏，当地流行的"扁担戏"、河北梆子都给她以艺术的熏陶，很小就会唱《三娘教子》《大登殿》和《春秋配》等戏中的一些选段。1930年王昆入唐县女子小学读书，臧玉科老师是从北平香山慈幼院毕业的，教她们唱很多新式歌曲。王昆说："臧老师给我们带去了很多香山慈幼院的歌曲。当时我不知道是什么歌曲，就跟着他唱。到后来我去查资料时才发现，当时唱的歌儿有德沃夏克的作品，有英国民歌……"[③]

1933年王洛伏去世后，五个儿子分了家，家道开始衰落，给王昆幼小的心灵蒙上了一层阴影，但是也激发她勇敢地走向社会，将个体的生命与民族命运结合起来。1936年冬王昆从唐县女子小学毕业后就失学了。全面抗战爆发后，八路军曾在唐县与日军展开拉锯战，1937年10月唐县第二次沦陷后，王昆即与姑姑王春芝、堂姐王素岭（一说叫王振峰[④]）等一起来到唐县抗日民主政府所在地北店头，参加了抗日自卫会，堂姐改名王巍，她就改名"王崑"，后来简化为"王昆"。[⑤]1938年初又参

① 程云：《王昆评传》，中国电影出版社，1997年，第5页。

② 谢颖颖：《王昆声乐表演艺术风格探源》，福建师范大学硕士学位论文，2003年4月，第10页。

③ 谢颖颖：《王昆声乐表演艺术风格探源》，福建师范大学硕士学位论文，2003年4月，第12页。

④⑤ 程云：《王昆评传》，中国电影出版社，1997年，第38页。

加唐县妇女抗日救国联合会，年幼的她还被选为宣传部长兼总务部长，此外王昆还在歇马镇一所小学里兼任音乐教师。这让她感到自己进入了一个新天地，开始了新生活，就在这时她改名"王昆"。她决心用歌咏为抗战服务，也表现出了过人的天赋，学唱歌特别快，一听就会，会唱了就记得了，记了就忘不掉，就这样学会了一首又一首革命歌曲。

在周巍峙邀请王昆加入西战团后，1939年4月15日，王昆独自扛着背包来到管家佐村西战团驻地，从此成为西战团的一员。王昆说："我到了西战团以后，就好像是个小学生置身于一个大学校似的，因为这些人文化素质都很高。他们中间有的是师范生、高中生；有的是大学生，能说很流利的英语；有的在国统区已经是有名的文艺工作者。和他们在一块，我感觉每天都有学不完的东西，每天都过得很新鲜，过的日子非常的幸福。"[1]

1940年2月，周巍峙接替丁玲担任西战团团长。1943年4月，刚满18岁的王昆在平山县的一个村子里加入了中国共产党，成为西战团里最年轻的党员，也在这一年与周巍峙结婚。西战团于1944年5月返回延安。在延安作了几场汇报演出后，西战团成员即转入鲁艺的各个系。[2]周巍峙被调入延安鲁迅艺术文学院戏剧音乐系任助理员兼鲁艺文工团副团长，王昆也进入鲁艺学习，后来也成为鲁艺文工团的演员。[3]

西战团从晋察冀回延安时也带回了流传在河北阜平、唐县一带的"白毛仙姑"传说故事。虽然这个故事过去也通过多种渠道传到延安，但并没有引起关注，直到这时才引起鲁艺的注意，并认为非常适合用歌剧的

---

① 谢颖颖：《王昆声乐表演艺术风格探源》，福建师范大学硕士学位论文，2003年4月，第29页。

② 瞿维、张鲁：《关于歌剧〈白毛女〉的通信》，《文学理论与批评》2011年第3期。

③ 胡铁华：《红色歌坛艺术伉俪——周巍峙与王昆》，《名人传记》2008年第1期。

形式去表现，所以决定创一部歌剧。[1]因中共中央已决定将在 1945 年召开中共"七大"，鲁艺正忙着为"七大"准备节目，所以院长周扬也很重视此事。剧本最初由从西战团转到鲁艺文学系的邵子南着手创作，有人说他刚写了一个梗概，[2]也有人说他只写了两幕，用秦腔谱曲，排练一场后大家不满意，认为不适合舞台演出，周扬也觉得用秦腔太陈旧，[3]于是周扬召集许多文艺干部座谈，决定动员全院大部分力量集体创作，重新结构，重新谱曲。在张庚的主持下，由贺敬之执笔重新编写剧本。贺敬之写最后一幕时生病住院了，同时也考虑到贺敬之没有在敌后生活的经验，又邀请从敌后回来的丁毅执笔。[4]作曲最初由马可、张鲁负责，因第二稿加大了歌曲的分量，又增加了瞿维、刘炽、李焕之、向隅、陈紫等人。导演由王滨负责，成员有舒强、王大化、张水华等，整个《白毛女》核心主创算是当时延安鲁艺最强的班子。

　　《白毛女》用完整的歌舞的形式，表达了一个复杂的题材，与秧歌剧相比大大前进了一步。贺敬之、丁毅写的唱词符合人物性格，富有激情，也非常适合于音乐的发挥。在音乐上，马可、张鲁、瞿维、李焕之等人经过反复探讨，决定将传统戏曲，尤其是梆子戏和民歌结合起来，取得了很好的效果，在舞蹈上也有很多创造。剧本编写过程中，即由王大化、王滨和张水华任导演，进行排练。[5]不久张水华被调走，由舒强和王大化

---

[1][4] 瞿维、张鲁：《关于歌剧〈白毛女〉的通信》，《文学理论与批评》2011 年第 3 期。

[2] 舒晓鸣：《水华访谈录》，《北京电影学院学报》1999 年第 3 期。

[3] 王昆：《谈歌剧〈白毛女〉的创作过程》，《文艺理论与批评》2011 年第 2 期。

[5] 舒晓鸣：《水华访谈录》，《北京电影学院学报》1999 年第 3 期；《悼念水华同志》，《电影艺术》1996 年第 2 期；李炳华、周塞峰：《〈白毛女〉的生命力——访歌剧〈白毛女〉总导演舒强》，《新闻与写作》1986 年第 1 期。

继续排演。[1]

最初在《白毛女》中扮演喜儿的是林白，到第二稿时林白因妊娠反应非常厉害而无法排戏，于是大家推荐王昆。因为那时候鲁艺正在热火朝天地向民间艺术学习，所以王昆也是每天不停地唱民歌。张庚让张鲁去考察王昆。对于当时的情况，张鲁回忆说："张庚同志就跟我说，你去想办法了解了解一下王昆同志，我就跟踪了王昆同志三天。她到延河边唱，我就在延河边藏着听；她在山坡上唱，我就在山脚下听；她在树林里唱，我就在大树后头这么藏着听。听她唱了这么两三天吧，我就觉得她确实是一个好的演员。"[2]而且王昆当年19岁，年龄也合适，又有农村生活的经验，是最合适的人选，于是张庚把王昆叫到《白毛女》创作组，让她参加排练，扮演喜儿。

当时鲁艺没有正规的排练场，天冷时常在院子里一面晒太阳，一面排戏，四周就围满了人，其中有鲁艺的教员、学员、炊事员，还有桥儿沟的老乡。他们一面看，一面就评论，凡遇到不符合农村生活细节的地方，就会提出建议，其中很多创作组都吸收了。全剧总排时，对黄世仁是抓起来交给政府处理。当时鲁艺的炊事员就强烈地不满意这样的处理方法。正式为中共"七大"代表演出的第二天，传来了刘少奇的意见，他说黄世仁这样的恶霸地主是打击的对象，于是就改为判决枪毙黄世仁。[3]

1945年4月28日，《白毛女》作为中共"七大"献礼节目在延安中央党校大礼堂公演，获得巨大成功，有人说连续演出了30多场，由王昆和林白轮流扮演喜儿，"看完《白毛女》以后，许多人认为很紧张，很受感响。"[4]王

---

[1] 舒晓鸣：《水华访谈录》，《北京电影学院学报》1999年第3期。

[2] 东方歌舞团、东方华夏艺术中心：《踏遍青山歌未老——王昆从事革命文艺六十周年纪念专辑》，中国录音录像出版社总社，1999年。

[3] 瞿维、张鲁：《关于歌剧〈白毛女〉的通信》，《文学理论与批评》2011年第3期。

[4] 夏静：《〈白毛女〉演出的效果》，《解放日报》，1945年8月2日。

昆回忆说，她记得没有演出那么多场，因为很快日本就投降了，鲁艺要准备离开延安。王昆也成为延安的当红"明星"，[①]她三叔王鹤寿这时也在延安，为了让她不至于被荣誉冲昏头脑，还跟她约法三章，一要抓紧学习文化、政治知识，二不许照相馆在橱窗里摆王昆的照片，三不要去跳交际舞。[②]

其实，在华北文艺工作团从延安出发时，周巍峙被沙可夫留下来写西战团在晋察冀根据地战斗五年半的书面总结，到12月底才随鲁艺留校人员组成的"鲁艺大队"离开延安，1946年初才抵达张家口。[③]周巍峙到张家口后，担任张家口市文委书记。1947年11月华北联大文工团进入石家庄后，周巍峙又担任石家庄市戏剧音乐工作委员会副主任，协助不久之前刚从北平来解放区的马彦祥从事戏曲改革工作。华北人民政府成立后，周巍峙也是华北人民政府戏剧音乐工作委员会的委员。1948年8月8日，晋察冀边区文联和晋冀鲁豫文联在石家庄召开文艺工作会议，决定将两边区文联合并，成立华北文艺界协会，李伯钊任华北文协理事会副主任，周巍峙和丁里任理事。华北联大文工团改为华北大学文工团后，由舒强接替周巍峙任团长，牧虹和边军任副团长。

在平津解放前夕，1948年12月初周巍峙被调到天津接管筹备班子，12月中旬来到距离天津不远的胜芳镇集中。在胜芳镇成立了"中国人民解放军天津市军事接管委员会"，周巍峙任军管会文教委员会（后来称文教部）文艺处副处长。1949年1月15日周巍峙他们急行军进入天津市区，正式参与接管天津工作，周巍峙在文艺处负责行政和日常宣传工作。5月文艺处处长陈荒煤随四野南下参加接管武汉，去了之后，周巍峙任处长。在筹备全国第一次文代会时，周巍峙被选为代表，并担任平津代

---

① 胡铁华：《红色歌坛艺术伉俪——周巍峙与王昆》，《名人传记》2008年第1期。

② 程云著：《王昆评传》，中国电影出版社，1997年，第109—110页。

③ 程云著：《王昆评传》，中国电影出版社，1997年，第122页。

表第一团副团长。①被选为出国文工团成员时，他正在北京参加全国第一次文代会。在出国文工团内，周巍峙担任党支部副书记、团委委员。

表二 来自华大文工团的出国文工团成员情况（1949年7月15日）②

序号	姓名	性别	籍贯	出生年月日	所属单位（职位）
1	舒强	男	江苏南京	1914.8.30	华北大学文工一团团长、三部戏剧科主任
2	李焕之	男	福建晋江	1919.6.20	华北大学三部音乐系主任
3	边军	男	安徽蚌埠	1919.5.9	华北大学第一文工团副团长
4	吴坚	男	浙江杭州	1921.4.6	华北大学三部戏剧科班主任
5	张尧	男	江苏吴县	1918.7.1	华北大学三部戏剧科教员
6	萧磊	男	天津	1925.4.5	华北大学创作组组长
7	王昆	女	河北唐县	1925.4.20	华北大学三部戏剧科教员
8	前民	男	辽宁辽阳	1924.3.13	华北大学三部戏剧科业务助理
9	丁帆	男	辽宁沈阳	1925.12.6	华北大学三部办公室秘书干事
10	叶央	男	河北密云	1920.9.1	华北大学戏剧队副队长、三部戏剧科班主任
11	李杰	男	河北隆平	1920.3.5	华北大学
12	吴竞	男	松江宁安	1925.1.4	华北大学
13	郭兰英	女	山西平遥	1929.12.4	华北大学
14	于夫	男	松江哈尔滨	1926.1.22	华北大学
15	王铁锤	男	河北定县	1932.6.11	华北大学
16	王小寿	男	河北定县	1932.3.13	华北大学
17	孙铮	女	安徽桐城	1921.10.12	华北大学
18	张斗云	男	河北安次	1925.3.23	华北大学
19	王琴舫	男	河北蠡县	1924.11.18	华北大学
20	孟于	女	四川成都	1924.8.15	华北大学
21	仲伟	女	山东青岛	1922.12.28	华北大学
22	于中义	男	热河赤峰	1927.12.7	华北大学
23	周巍峙	男	江苏东台	1916.6.18	天津军管会文教部文艺处副处长

---

① 《全国文代大会筹委会开七次扩大常委会，通过各代表团负责人选》，《人民日报》1949年6月28日。

② 《出席世界青年与学生节代表团名单》，1949年7月15日，中央档案馆。

1945 年 11 月华北联大文工团在张家口重新组建时，周巍峙是团长，牧虹、边军等人是各队队长，王昆、吴坚、叶央、仲伟、孟于、萧磊都是组建之初的主要演员，而于中义、张斗云、李杰、吕翎、李庆元和韩中和等人，则是华北联大文工团改组为华大文工团时从原华北联大戏剧系和音乐系二班学员以及原北方大学艺术学院新调到华大文工团的。①

孟于是四川成都人，1939 年 8 月，十七岁的她抱着为打日本贡献一份力量的愿望，偷偷从家里跑出来，来到延安。最初她上的中国女子大学。1940 年 2 月 16 日，为从蒋管区来到延安的电影导演应云卫领导的"西北摄影队"举办的欢迎会上，孟于参加了冼星海亲自指挥的五百人演唱的《黄河大合唱》。演唱结束，掌声、口号声经久不息。她深深感到歌声使自己和人民的苦难、祖国的危亡紧紧相连，感受到了音乐的伟大力量。6 月，她就报考了鲁艺音乐系，属于第九期。延安桥儿沟的教堂音响效果特别好，她特别爱在那个教堂里练声。当时搞声乐的天天排着班，几点你在教堂里练声，教堂里还有一个风琴，就这个条件，已经算得上很好了。②1941 年孟于加入了中国共产党，1942 年从鲁艺毕业。1945 年抗战胜利后，孟于参加鲁艺组织的华北文艺工作团赴张家口，参加了歌剧《白毛女》的演出。孟于回忆说："1945 年 12 月至 1949 年 5 月，我参加了歌剧《白毛女》的演出。刚开始我演得不好，因为我生长在城市，没有农民的生活经验。1946 年我参加了土改，听到农民在诉苦会上的哭诉，尤其听到一位妇女遭受地主迫害的悲惨遭遇很受触动，我觉得她的身世跟喜儿是一样的，我也在那哭，从此我再演喜儿时就哭得出来，也恨得起来了。"③

---

① 丁帆：《群星闪耀的集体——忆华北联大文工团》，《党史纵横》1993 年第 4 期。
②③ 孟于访谈录。

郭兰英本来是一位已经成名的晋剧演员，因受华北联大文工团表演的《白毛女》等新戏的感召而最终加入华北联大文工团。她出生于山西省平遥县香乐村一个穷苦的佃农家庭，兄弟姐妹众多，郭兰英排行老六，上面有五个哥哥，下面还有五个弟弟和一个妹妹，全家十四口人过着衣不遮体、食不果腹的生活。郭兰英还不满八岁时，由于生活所迫，家里便把她五弟送给人家，又让郭兰英跟本村同族一个叫郭羊成的叔叔跑野台子学唱晋剧。一开始学武生，又学小生、刀马旦，后因嗓子好而改学小旦。到1941年，家里又为了还债，托本村一个叫"人狗儿"的人贩子把郭兰英带到太原，卖给晋剧班班主郭凤英为徒，80元的卖命钱也被"人狗儿"私吞了。郭凤英是有名的晋剧艺人，她十一岁即唱红，故艺名"十一生"。郭兰英跟郭凤英学了三年戏，也成了角，能上台演《打金枝》《秦香莲》《六月雪》等剧。1943年郭凤英带领戏班来到察哈尔省会张家口演出，郭兰英也跟随戏班到了张家口。1945年夏天抗战胜利前夕，郭兰英的母亲刘福荣来投奔她，郭兰英离开郭凤英和妈妈住在一起。抗敌剧社和华北联大文工团在张家口演新戏，郭兰英也去观看。在观看了抗敌剧社演出的《子弟兵和老百姓》等新剧，特别是看了华北联大文工团演出的大型歌剧《白毛女》之后，联想到自己的遭遇，内心非常激动，当时哭得几乎昏倒在剧场里，于是希望自己也能演这样的新戏。当时上级派由华北联大文工团的剧作家贾克和抗敌剧社的何迟、王久晨等组成工作组，到张家口组织旧艺人联合会，郭兰英即参加了旧艺人联合会，积极参加政治学习，并学唱新歌，排新戏，与师傅郭凤英划清界限，参与斗争清算汉奸戏霸赵步桥。②

---

① ② 丁帆：《我所知道的郭兰英——兼谈对她的一些讹传》，《新文化史料》1999 年第 2 期。

1946 年 9 月华北联大文工团撤离张家口时，走到西合营，想到应该带上郭兰英，于是文艺学院院长沙可夫、艾青经向校长成仿吾请示后，派贾克、沙新、郝学三人连夜赶回张家口寻找。而郭兰英母女也在寻找华北联大文工团，恰巧碰到抗敌剧社的王久晨和何迟，何迟委托他弟弟护送郭兰英母女途经宣化到山西广灵，找到了抗敌剧社。因郭兰英带着母亲留在部队文工团不方便，她本人又倾向于加入华北联大文工团，所以就由抗敌剧社将她们母女二人送到了河北束鹿华北联大驻地，郭兰英就这样带着她妈妈一起参加了革命。[①]

华北联大也认真培养郭兰英，由剧作家贾克亲自教她文化课，表演艺术家舒强教她表演课，音乐家张鲁和胡斌教她音乐课，戏剧系协理员教她政治课。[②]1947 年冬，华北联大文工团要赶排一些小节目，准备春节前支前慰问演出，组织上决定让郭兰英扮演《王大娘赶集》中王大娘的女儿玉池，这是郭兰英参加革命以后演出的第一出新戏。为了演好戏，她剪掉了烫发，又到辛集镶牙店里摘掉了金牙，使自己更像一个农村小姑娘。这出戏讲述母女赶集买慰劳品，争做拥军模范的故事，郭兰英在表演过程中将晋剧表演艺术与秧歌剧的表现风格有机地结合起来，将一个农村天真活泼的小姑娘形象塑造得十分动人，受到华北联大师生和广大观众的赞赏。[③]当时吴坚也在剧中扮演张老汉。这个戏桑夫编写的剧本好，刘铁山谱的曲调也好，成为轰动一时的好戏，从束鹿演到石家庄，一直演到北平。[④]

王铁锤和王小寿则是华北联大文工团在冀中平原吸收的民间艺人。

---

①②④　丁帆：《我所知道的郭兰英——兼谈对她的一些讹传》，《新文化史料》1999 年第 2 期。

③　丁帆：《群星闪耀的集体——忆华北联大文工团》，《党史纵横》1993 年第 4 期。

华北联大到了冀中解放区后，校长成仿吾号召大家挖掘民间艺术，学习民间艺术，于是华北联大文工团邀请民间艺人王毅来团教授流行于河北藁城、无极一带的民间舞蹈《战鼓》，后来改编为《胜利腰鼓》，受到热烈欢迎。

定县子位村吹歌会也是冀中平原颇有名气的民间吹管乐器演奏团体，成员大多是不脱产的农民，演奏的乐器主要是笙、管、笛、唢呐等吹管乐器，演奏的乐曲则多数来源于可唱的民间歌曲，所以被称为"吹歌会"。子位村王家院从事吹歌会已有一百五十多年的历史，王春兴是子位村吹歌会最早的会头，他擅长演奏唢呐，他大哥擅长吹笙，二哥擅长敲鼓，三哥擅长吹管，兄弟四人演奏时互相配合得非常默契，有声有色，富有深刻的表现力。[1]后来王铁锤的祖父王成奎也做过会头，他也擅长吹笙。王铁锤、王小寿从小就是一个"吹歌迷"。王铁锤擅长吹管子，十岁就能登台演出。王小寿喜欢吹海笛，也喜欢拉二胡。那时冀中一带道士化缘也靠吹，安平县那边有个叫杨元亨的老道士吹得很好，王铁锤的父亲王礼吉就领着王铁锤，赶着一辆毛驴车，拿着镰刀，走了一百来里地去找杨元亨学艺。他们住在杨元亨那里，白天去砍草，把它晒干了拉回来，晚上就向杨老先生学吹管子。[2]后来子位村吹歌会聘请杨元亨来教授吹歌音乐，王小寿等人也拜他为师，水平又有了很大提高。[3]1946年底，华北联合大学文艺学院音乐系教员张鲁、刘行等到河北农村搜集民间音乐，听到吹歌会的演奏后非常感兴趣。1947年春，邀请定县子位村吹歌会20

---

① 王铁锤：《深受农民欢迎的定县子位村吹歌会》，《人民音乐》1986年第12期。

② 王铁锤访谈录。

③ 王俊、王铎：《记双簧管演奏家王小寿》，《人民音乐》1980年第9期。王俊等说为杨之亨，而王铁锤说是杨元亨，参见王铁锤：《深受农民欢迎的定县子位村吹歌会》，《人民音乐》1986年第12期。

多人到华北联合大学演出，全校教职员工都很喜欢，于是当即吸收吹歌会中两个有培养前途的十五岁少年王铁锤、王小寿到华北联合大学文艺学院音乐系进修学习。①

当时丁帆、前民、王琴舫、于夫、梁化群、吴竞等人也在华北联大文艺学院戏剧系和音乐系一班学习。于夫，原名陆百芳，1926 年出生于东北哈尔滨。1931 年"九一八"事变后，全家逃难到北京，1946 年考入联大戏剧班。1947 年 8 月 23 日，丁帆他们举办了毕业庆功典礼，晚上举行晚会，表演秧歌剧《秦洛正转变》和京剧《进长安》等，丁帆在《秦洛正转变》中扮演李洛云。②本来丁帆等 4 名男同学和 8 名女同学被分配到陈南庄中央局去，准备从这里再去东北，结果到了陈南庄后因交通阻断无法去东北，就根据出发前艾青的嘱咐，又返回学校，学校又将他们安排到文工团。③前民、王琴舫、丁帆、于夫、梁化群、吴竞、王铁锤、王小寿等人就是这时加入华北联大文工团的。④王小寿和王铁锤加入华北联大文工团后，王小寿在团里吹海笛、拉二胡，还当过小演员，王铁锤吹笛子。⑤

来自华大文工团的其他成员也大多参加过《白毛女》的演出。华北联大文工团在冀中束鹿已经排演过歌剧《白毛女》，在石家庄、正定以及大同前线演出几十场。进入北平后，又重新排演《白毛女》，这前后都是由舒强担任导演，舒强也是《白毛女》首次在延安演出时的排练者之一。在北平演出《白毛女》时，喜儿由王昆、孟于和郭兰英扮演，梁

---

① 王铁锤：《深受农民欢迎的定县子位村吹歌会》，《人民音乐》1986 年第 12 期。

② 丁帆：《成仿吾与华北联合大学》，《新文化史料》1997 年第 6 期。

③ 丁帆：《我和艾青的师生谊》，《炎黄春秋》1998 年第 3 期。

④ 丁帆：《群星闪耀的集体——忆华北联大文工团》，《党史纵横》1993 年第 4 期。

⑤ 王俊、王铎：《记双簧管演奏家王小寿》，《人民音乐》1980 年第 9 期。

化群和邸力演王大婶，前民和牧虹演杨白劳，牧虹还与冯霞一起演赵大叔，于中义演王大春，丁帆演大锁，于夫演虎子，孙铮和柯平一起演黄母，叶央演穆仁智。黄世仁过去本来一直由陈强扮演，而这时陈强已经去东北电影制片厂工作了，改由吴坚扮演。[①]

孙铮，本名孙玲，可能是因为大家偶读念成白字，所以她干脆改成"孙铮"了，但是自己题名时有时还用"孙玲"。安徽桐城人，1937 年 12 月参加革命工作，1938 年加入中国共产党，先后在安徽抗敌后援队任演员、新四军抗敌剧团任指导员、淮南艺术专科学校任教员、大众剧团任团长。1943 年随新四军二师干部到达延安，在延安鲁艺实验剧团任演员。抗战胜利后随鲁艺华北文工团到张家口，在文工三团任演员，后调入华北大学文艺部任班主任。[②]她丈夫莫朴是著名画家，曾任教于鲁迅艺术文学院、华北联合大学等校，1949 年担任国立艺术专科学校教授、绘画系主任。

边军和萧磊是拉板胡的，吴竞也是华大文工团乐队的主要成员。当时华大三部把扭秧歌当做早操，1949 年 3 月作有《扭秧歌小唱》，歌中唱道：

桃花儿谢了杏花儿开，
早春三月东方没发白。
小辫儿顾不上梳，脸也顾不上洗，
锣鼓一响秧歌扭起来！

① 丁帆：《〈白毛女〉北平首演记》，《新文化史料》1996 年第 5 期。

②其容：《我所认识的鲁艺人——孙铮阿姨》，http://blog.sina.com.cn/s/blog_49f4229e0102e8mw.html。

先走四方再来个龙摆尾，

麻花一拧又绕个卷心菜。

十字交叉队形变，

一左一右两分开。

女队的领舞是兰英，

男队的领舞是萧磊，

乐队领头的是吴竞，

他是多才多艺的好人才！①

此外，值得一提的是，华大教员贺敬之这时也作为全国青联、全国学联和青年团推选的正式代表，参加了中国民主青年代表团。②

来自华北人民文工团的成员

1949年6月，青年团中央最初决定从华北人民文艺工作团（以下简称"华北人民文工团"）抽调金紫光、李波、梁寒光、谷风、韩冰、李刚、周加洛等7人。③而根据1949年7月15日提出的出国文工团成员名单，来自华北人民文工团的成员有周加洛、李波、李刚、谷风、金紫光、舒铁民、殷韵含、黄晓荣、梁寒光和韩冰，共计10人。这些人也都出现于7月14日新华社记者从中国民主青年代表团负责人那里了解到的出国文工团成员名单之中。

---

① 王健芸：《扭秧歌小唱》，王晋、汪洋主编：《华实录——华北大学回忆文集》，中国人民大学出版社，2003年，第341—342页。该歌后来有修改。

②《出席世界青年与学生节代表团名单》，1949年7月15日，中央档案馆。

③《中国新民主主义青年团中央委员会致中央广播事业管理处冯文彬函》，中央档案馆。

1948 年 7 月华北人民文艺工作团成立后第一任团长就是李伯钊，所以她也可以视为华北人民文工团的成员。方晓天回忆说，本来还有她和她爱人石一夫，因需要为参加全国第一次文代会的代表演出歌剧《硫磺厂》而留了下来。她回忆，当时李伯钊对她说："团里决定出国参加世界青年联欢节的名单中有你。但是现在为参加文代会演出歌剧《硫磺厂》，所以又决定留下你排戏。"石一夫都上了火车，是为了排戏，临时决定把他留下了。[①]

表三　来自华北人民文工团的出国文工团成员情况（1949 年 7 月 15 日）[②]

序号	姓名	性别	籍贯	出生年月日	所属单位（职位）
1	李伯钊	女	四川重庆	1911.5.4	北平市委会文委书记
2	周加洛	男	四川岳池	1921.10.18	华北人民文工团乐队副队长
3	李波	女	河北曲阳	1918.12.20	华北人民文工团戏剧部副部长
4	李刚	男	广东广州	1925.1.25	华北人民文工团
5	谷风	男	河南新蔡	1923.8.11	华北人民文工团
6	金紫光	男	河南博爱	1917.7.30	华北人民文工团秘书长
7	舒铁民	男	湖北荆州	1929.1.3	华北人民文工团
8	殷韵含	女	河北新城	1926.10.23	华北人民文工团
9	黄晓棻	女	贵州贵阳	1928.11.7	华北人民文工团乐队
10	梁寒光	男	广东开平	1918.10.1	华北人民文工团音乐部主任
11	韩冰	女	贵州贵阳	1919.9.15	华北人民文工团导演科科长

华北人民文工团是由原晋冀鲁豫边区文工团和延安中央管弦乐团在石家庄合并而成的。中央管弦乐团是抗战胜利后金紫光在延安成立的。金紫光，原名靳志光，笔名紫光、思杰，1917 年出生于河南博爱，曾肄业于金陵文学院和开封河南大学文学院。早年学习世界语，曾在延安从事世界语运动。1938 年在延安抗大和鲁艺音乐系第一、二期学习，结业

---

① 方晓天：《忆老院长李伯钊同志》，中央歌剧院编：《中央歌剧院院史文集》，中央歌剧院，1992 年，第 47 页。

② 《出席世界青年与学生节代表团名单》，1949 年 7 月 15 日，中央档案馆。

后转回延安吴堡青训班任教员，担任青训班艺术连教育主任，也做导演和指挥。1940年金紫光在延安西青救总剧团和泽东青年干部学校任艺术指导，1941年2月加入中国共产党，任中央青委宣传部干事，兼延安业余剧团副团长、青年大合唱团总团长，后来在中央研究院文艺工作研究室工作。①

这个文艺工作研究室是1946年2月设立的，主要任务是研究可能成立的联合政府形势下的文艺工作政策。李伯钊是这个研究室的主任，贺绿汀和金紫光为音乐研究组的组长。金紫光不仅能演话剧，也能演京剧，《逼上梁山》就是他演主角。当时在延安几乎没有不知道金紫光的，被誉为延安"四大忙人"之一。②

成立中央管弦乐团，起源于欢迎军调部马歇尔将军访问延安。在东北文艺工作团和华北文艺工作团离开后，延安剩下的文艺团体就只有一个军乐队。为了欢迎马歇尔，金紫光组织演出《黄河大合唱》，就把留在延安的所有文艺工作者几乎都集中起来了，几百人参加合唱，还以文艺工作研究室音乐组为基础成立了一个乐队。马歇尔走后，金紫光想把这个乐队保留下来，就去跟周恩来反映，周恩来也非常支持，叶剑英还帮助从北平采购了一些西洋乐器，于是办起了中央管弦乐团，这是中共在解放区组织的第一个专业的交响乐团。刘子先还记得，中央管弦乐团特意选择聂耳逝世的那天，在杨家岭中央办公厅会议室开了成立大会。③

中央管弦乐团成立后，黄晓棻说是由李伯钊任团长，因她有别的工作，实际上由贺绿汀、金紫光和梁寒光三人负责。④也有人说李伯钊只是

① 《金紫光》，《音乐天地》2013年第5期。

② 舒铁民访谈录。

③ 刘子先：《从胜利走向胜利——回忆延安中央管弦乐团》，中央歌剧院编：《中央歌剧院院史文集》，中央歌剧院，1992年，第21页。

④ 黄晓棻访谈录。

担任了中央管弦乐团行政委员会副主任，①团长由贺绿汀担任，金紫光和张贞黼是副团长，梁寒光为教育科科长。梁寒光，原名梁茂林（一说为梁荣林），后来改名梁玉衡，1917年出生于广东开平月山乡联兴里，自幼喜爱音乐，学会了演奏各种民间乐器，十三四岁就能登台演戏。中学毕业后考入开平县师范学校，后转入广州大学政治系学习，这期间梁寒光也一直是音乐、戏剧方面的活跃分子，在开平师范曾参加演出粤剧《马占山》《白山黑水》等。由于家境贫寒，梁寒光在广州大学只读了半年就辍学回乡，1937年春在开平县立米岗短期小学任校长兼教员。全面抗战爆发后，他参加了广州抗日先锋队，到广州郊区进行抗日救亡宣传。1938年3月来到延安，入陕北公学学习，三个月后转入鲁艺音乐系，与李焕之、郑律成等一起在冼星海主持的音乐高级班学习作曲，同年加入中国共产党。1939年秋，梁寒光从鲁艺结业后留校任教，被派到八路军延安留守兵团宣传大队（烽火剧社）工作，还兼任中国女子大学的音乐教员。②那时他还叫梁玉衡，"梁寒光"这个名字是1940年5月冼星海离开延安前给他起的，取自《木兰辞》里的"寒光照铁衣"。③不久，梁寒光又被调到华北联防政治部宣传队工作。

韩冰曾在延安抗大学习，后来加入鲁艺文工团。她原名韩元勗，1919年出生于贵阳，1938年在北平剧社任演员，同年9月到洛川，加入抗日军政大学第四期三支队，同年12月在延安鲁艺三期戏剧系学习。参加革命那天，感觉自己性格过于热情，往往会惹事，为了随时提醒自己，就改名韩冰。④那时中央管弦乐团和文艺工作研究室在一起，都住在大砭沟中央党

① 卢弘：《李伯钊传》，中国华侨出版公司，1989年，第123页。

② 梁寒光：《难以忘怀的一天》，《星海音乐学院学报》1985年第4期。

③ 余德育：《著名作曲家——梁寒光》，《星海音乐学院学报》1988年第4期。

④ 韩冰：《我永远不会忘记》，中央歌剧院编：《中央歌剧院院史文集》，中央歌剧院，1992年，第12页。

校的窑洞里，人员大部分是原来鲁艺的教员和学员，因为鲁艺大部分师生参加东北文艺工作团和华北文艺工作团离开延安后，部分留校师生转入了文艺工作研究室。①中央管弦乐团虽然几乎网罗了当时在延安的所有音乐人才，但大多数成员其实还是"门外汉"，由于其中多是二十岁出头的年轻人，中央管弦乐团就对他们加以培养副团长张贞黼是拉大提琴的，许多团员就跟他学习小提琴中提琴和大提琴，这时期在延安学习弦乐的，大多是张贞黼的学生。金紫光那时已经快 30 岁了，也开始自学吹小号。

黄晓棠是 1945 年初到延安的。黄晓棠的祖父黄干夫（黄禄贞）于 1904 年创办了民立小学，为贵州私立学校之始。1905 年，民立小学改为达德学堂，叔祖黄齐生（黄禄祥）亦到校协助主持校务。入民国后，达德学堂改为达德学校，1913 年黄齐生继任校长。王若飞是黄干夫和黄齐生的外甥，由于家庭不幸，八岁起由黄齐生抚养长大，又带他去法国勤工俭学，在法国结识了朱德、周恩来、蔡和森、蔡畅等人，所以跟共产党也关系颇深。黄晓棠小时候在南京生活，全面抗战爆发后，母亲带着他们四个孩子逃到上海，从上海乘船到香港，然后到广州，辗转回到老家贵阳。为了追随爷爷一起去延安，黄晓棠独自一人离开家，到重庆找到八路军办事处。她爷爷于 1944 年底先期去了延安，黄晓棠亦于次年初来到延安，在鲁艺文学系学习。黄晓棠回忆说，那时鲁艺文学系没有什么课可上，就是天天看小说，感觉有点失望。黄晓棠的爷爷和父亲都喜欢音乐，大哥黄晓庄还是鲁艺音乐系的教员。受家庭熏陶，黄晓棠也自幼喜爱音乐。那时贺绿汀常与爷爷来往，听说黄晓棠对在鲁艺文学系的学习情况不满意，又觉得她很有音乐天赋，就建议她转到鲁艺音乐系学习，

---

① 海啸：《忆峥嵘岁月——记述中央党校文艺工作研究室，晋冀鲁豫人民文工团，华北人民文工团》，中央歌剧院编：《中央歌剧院院史文集》，中央歌剧院，1992 年，第 15 页。

于是黄晓菜就到鲁艺音乐系搞音乐了，李焕之、张鲁、马可、吕骥等人都是她的老师。

当鲁艺组织东北文艺工作团和华北文艺工作团时，黄晓菜这样从国统区新来的学员准备将来还回到国统区去开展工作，就暂时留在了鲁艺，后来参加了中央管弦乐团。黄晓菜后来还与一起参加中央管弦乐团的李刚结为夫妻。在中央管弦乐团，黄晓菜一开始就学演奏，后来也学习唱歌和演戏。她回忆说："后来战争缓解了，朱总司令和周副主席谈到服务于战争不能光是音乐语言，还应该有戏剧，有表演。所以，后来我从一个音乐演奏者改成唱歌、表演，《兄妹开荒》秧歌剧、歌剧都参加了，我这个经历他们有时候就说你很丰富。我演过歌剧，演过《兄妹开荒》，演过秧歌剧，也跳过大歌舞。"[1]黄晓菜相信，正是因为她多才多艺，所以才被选入出国文工团。她说："那时在文工团什么都可以演，要演就要这种人，一个是老革命，老文工团团员什么都能拿得起来。再一个是政治上能通得过的，毕竟那是新中国（其实是在新中国成立之前）第一次派文艺团体出国。"[2]她在布达佩斯也是什么都可以演，不仅打腰鼓，扭秧歌，还有唱歌，什么都干，还管一个小戏的服装、道具。[3]

舒铁民于1946年9月从鄂豫皖边区撤退到延安后，也被分配到文艺工作研究室工作。舒铁民是湖北荆州人，本姓况，早年跟随父亲和姐姐舒赛参加革命工作。舒赛是豫鄂边区第一位女公安局长。舒铁民被分配到新四军五师文工团工作。1945年10月中原军区成立后，又到了中原军区文工团。王震带领三五九旅南下时，从延安鲁艺带来了一批文艺人才，谷风就是这时参加中原军区文工团的，所以在中原解放区这个文工

---

[1][2] 黄晓菜访谈录。
[3] 冯绍宗、黄晓菜访谈录。

团是最专业的。1946 年 6 月文工团跟随王震的部队实施"中原突围"，因王震考虑到延安的文艺人才大多已经去了东北和华北，就想把这些文艺人才带到延安去。但是，整个中原军区文工团六七十人，9 月 26 日抵达延安时只剩下舒铁民、海啸、李吟谱、王燎荧、杜利和傅思有六个人了，他们被分配到文艺工作研究室工作。[①]舒铁民到文艺工作研究室后，也开始学吹小号，由于有心脏病，又改学吹黑管，也吹过长笛，还学过拉小提琴。

国共内战爆发后，文艺工作研究室的任务也就改变了，改为发动群众，迎接新的战斗，于是组织了演出队。1946 年 11 月下旬，由于形势紧张，文艺工作研究室撤到清涧县折家坪。[②]1947 年 3 月胡宗南进攻延安时，上级派刘仰峤接替了李伯钊的工作，然后按照上级指示转移到了晋冀鲁豫解放区，来到晋冀鲁豫中央局所在地河北武安县冶陶镇。[③]在这里联合当地文艺工作者以及 1946 年底从北平逃出来的演艺局二队部分成员，成立了晋冀鲁豫人民文艺工作团。谷风是参加"中原突围"后，随豫西军区部队渡过黄河来到晋冀鲁豫边区的，这时也加入了晋冀鲁豫边区文工团。

当 1946 年 11 月文艺工作研究室离开延安时，中央管弦乐团只有部分老弱人员先行撤离，大部分成员在金紫光率领下留在延安进行备战动员演出，在中央党校大礼堂连续演出大型歌剧《兰花花》。这个剧是小说家孔厥和袁静根据陕北一带的一首叙事民歌改编的，金紫光、梁寒光

---

① 舒铁民：《从宣化店到延安——随中原军区文工团参加"中原突围"》，北京新四军暨华中抗日根据地研究会编：《铁流》23，解放军出版社，2012 年 12 月 1 日。

②③ 海啸：《忆峥嵘岁月——记述中央党校文艺工作研究室，晋冀鲁豫人民文工团，华北人民文工团》，中央歌剧院编：《中央歌剧院院史文集》，中央歌剧院，1992 年，第 16 页。

和李刚为其作曲，金紫光还与韩冰、孙维世先后担任导演，黄晓棻、李波、韩冰等人都参加过演出。①用管弦乐为歌剧伴奏，在延安还是第一次。毛泽东观看了《兰花花》后，于1947年1月的一天特意请金紫光、韩冰和李刚共进晚餐，谈了对《兰花花》的观后感，肯定了《兰花花》的方向，认为在目前情况下，中央管弦乐团还是同戏剧结合好些，单纯奏奏乐，没有形象，是很难动员人民的。②

1947年2月底，中央管弦乐团撤离延安，先在葭县（佳县）驻了一段时间，到神泉堡乡参加土改，后渡过黄河来到晋西北的临县。1947年8月又从晋西北转移到晋察冀解放区平山县。当时全国土地会议正在平山县西柏坡村召开，许多文工团都来这里为参会代表演出，晋冀鲁豫文工团已于1947年6月来到这里，中央管弦乐团就与晋冀鲁豫文工团联合演出《堂吉诃德》。晋冀鲁豫中央局书记薄一波邀请中央管弦乐团到晋冀鲁豫解放区去，因此该团也于这年9月来到冶陶镇，与晋冀鲁豫文工团一起驻在冶陶镇附近的河东村。③晋冀鲁豫中央局在冶陶镇召开土地会议，传达全国土地会议精神，布置整党运动和土改复查。为配合土改运动中的干部思想教育，中央管弦乐团和晋冀鲁豫文工团又集中力量排演了以反资产阶级人道主义为主题思想的大型话剧《解放了的堂吉诃德》。然后晋冀鲁豫文工团和中央管弦乐团也开始进行三查三整运动，到年底运动结束后两团就混合编队，参加晋冀鲁豫中央局土改工作团，到农村搞土改。金紫光、李波、周加洛、韩冰等人参加了冀南分团，到了河北威县，

①③ 海啸：《忆峥嵘岁月——记述中央党校文艺工作研究室，晋冀鲁豫人民文工团，华北人民文工团》，中央歌剧院编：《中央歌剧院院史文集》，中央歌剧院，1992年，第17页。

② 李刚：《难忘的一九四七》，中央歌剧院编：《中央歌剧院院史文集》，中央歌剧院，1992年，第11页。

李刚等人参加了冀鲁豫分团,到了武松打虎的地方,山东阳谷县。①

下乡搞了半年土改之后,到 1948 年初,因石家庄已经解放了,华北联大文工团、抗敌剧社、火线剧社、前线剧社、华北平剧院、群众剧社、工人剧社等许多文艺团体都先后到了石家庄,晋冀鲁豫边区文工团和中央管弦乐团就也到石家庄集中。1948 年 5 月晋察冀中央局与晋冀鲁豫中央局合并成立华北局后,晋冀鲁豫文工团和中央管弦乐团留守人员从武安县河东村迁移到平山县北胜佛村,参加土改的两团人员也于 6 月下旬回到平山,旋即进入石家庄市内,因敌机来轰炸,又迁到南郊,最后来到北郊西柏林村。9 月初,华北局宣传部长周扬宣布将晋冀鲁豫文工团与中央管弦乐团合并,成立华北人民文艺工作团,任命李伯钊为团长,贺绿汀为副团长,卢肃为秘书长,海啸为协理员。②下设音乐部、戏剧部和创作室,金紫光为音乐部主任,梁寒光为创作室副主任,李波为戏剧部副部长,周加洛是乐队副队长,黄晓莱、李刚、舒铁民也是乐队成员,韩冰是导演科科长。

华北人民文工团成立后,曾排练阮章竞创作的大型歌剧《赤叶河》。阮章竞于 1914 年出生于广东香山县沙溪区象角乡(今中山市沙溪镇象角村)新亨街上,是一个卖鱼人阮达彬的第六个孩子。上小学时受代课老师阮赓扬影响,酷爱绘画。十三岁时辍学到涌头村两合油漆店当学徒,业余时间坚持学习绘画,入肖剑清在石岐创办的天涯艺术学院接受了系统的美术训练。1934 年 7 月又在肖剑清的帮助下到上海闯荡,这时他开始文学创作,并学习世界语,参加救国会的活动,接触了一些左翼人士。

---

①② 海啸:《忆峥嵘岁月——记述中央党校文艺工作研究室,晋冀鲁豫人民文工团,华北人民文工团》,中央歌剧院编:《中央歌剧院院史文集》,中央歌剧院,1992 年,第 17 页。

世界语歌咏班推荐他到立信歌咏班学习指挥，在那里结识了吕骥、麦新、孟波等音乐家，很快成为救亡歌咏活动的骨干力量，此后常到杨树浦和四川北路教歌咏班唱救亡歌曲，这时又结识了冼星海。1937年阮章竞为纪念柴门霍夫创造世界语五十周年创作了歌曲《纪念柴门霍夫先生》，冼星海为其谱曲。全面抗战爆发后，冼星海随演剧队离开上海，不久阮章竞也随救亡流动宣传团到太湖一带活动。南京沦陷时他正好在南京，侥幸逃出，辗转回到上海，与冼星海重逢，冼星海委托桂涛声领着阮章竞到太行山找八路军。几经曲折，最后在山西晋城找到了八路军，随后参与组建太行山剧团。《赤叶河》是阮章竞在1947年9月创作的，当时没有合适的人帮他谱曲，太行文联主任高沐鸿的儿子高介云喜欢音乐，阮章竞就和他一起研究。当时正好有一个武乡县的盲人戏班子在晋冀鲁豫边区党委所在地演出，他们对上党地区武乡、襄垣、辽县等地民间艺术非常熟悉，有一位叫李海水的盲艺人唱得很好，阮章竞深受感动，于是就借用辽县小调、武乡秧歌以及上党说唱艺术为《赤叶河》配了曲。①最初由一个县剧团排演，由于没有女演员，就由男演员用真声唱女角，让人感觉怪怪的。10月，晋冀鲁豫边区文工团在武安冶陶镇演出《赤叶河》，钟惦棐看了之后直摇头，说："太可惜，音乐不好，浪费了这么好一个剧本。"②梁寒光看了这出戏，被深深地打动了，于是就在行军转移间隙为《赤叶河》重新谱了曲。虽然仍用了晋东南民歌的旋律，但是进行了加工改编，乐队也比较大胆地采用了管弦乐队与民族打击乐器。12月，晋冀鲁豫边区文工团在石家庄演出《赤叶河》，大获成功，很有感染力，连续上演十五场。③华北人民文工团成立后也继续排演《赤叶河》，

---

① 阮章竞：《歌剧〈赤叶河〉创作前后》，《戏友》1984年第2期。

② 阮章竞口述，方铭、贾柯夫记录整理：《异乡岁月——阮章竞回忆录》，文化艺术出版社，2014年，第186页。

③ 萧玉：《新中国文艺从石家庄走来》，《石家庄日报》2014年7月23日第9版。

一直演到北平，曾为参加全国第一次文代会的代表演出。后来被选入出国文工团的演员，大多参加过《赤叶河》的创作和演出。梁寒光是曲作者，韩冰是导演，谷风是主要演员，舒铁民是乐队第一小提琴手，周加洛是中音提琴手，李刚和黄晓棻是大提琴手，李波负责服装。[1]

因傅作义派飞机到石家庄轰炸，华北人民文工团就转移到山西阳泉。在北平解放前夕，华北人民文工团就从阳泉经石家庄向北平进发，1949年1月下旬来到北平西北郊外的清华园，背后就是清华大学。军管会主任叶剑英指示对学生要开展工作，文管会主任钱俊瑞即决定把解放区文艺带到清华大学和燕京大学去，清华大学由华大文工团负责，燕京大学则由华北人民文工团负责，李刚每天到燕京大学辅导音乐和秧歌舞，还为清华、燕京两校师生演出《打黑龙寨》等秧歌剧和小歌剧《防旱备荒》。

华北人民文工团是1949年2月1日进入北平的，2月3日又参加入城式，解放军从前门入城，华北人民文工团吹着号拉着提琴，跟着入城。然后就在北平住下了，准备排戏迎接新中国成立。[2]华北人民文工团在北平吸收了马思聪等著名艺术家和大批青年演员，还办了两期训练班，招收了50多名学员，殷韵含就是这时和其他七名北师大同学一起加入华北人民文工团的。[3]殷韵含，1926年出生，原名殷淑兰，河北新城人，1948年参加了民主青年联盟，1949年3月经沈湘介绍给金紫光、李德信，于是参加了华北人民文工团。

队伍扩大后，华北人民文工团成立了艺委会，由金紫光任主任，周加洛和李刚分别任管弦乐队队长、副队长，韩冰和叶子任演员队队长，

---

① 《赤叶河》节目单。

② 舒铁民访谈录。

③ 海啸：《忆峥嵘岁月——记述中央党校文艺工作研究室，晋冀鲁豫人民文工团，华北人民文工团》，中央歌剧院编：《中央歌剧院院史文集》，中央歌剧院，1992年，第18页。

梁寒光任创作室主任。

阮章竞作为华北太行区文协戏剧部长，被推选为全国第一次文代会代表。在组建中国民主青年代表团时，他又作为青年艺术工作者代表被选为正式代表。阮章竞说，他们是在文代会结束之前中途离开去参加中国民主青年代表团的，回国后才得知自己被选为文联理事。①其实代表团是在 7月 19 日第一次文代会结束之后，于 7 月 22 日才正式离开北平的。

来自其他单位的成员

由于时间仓促，无法从全国各地文工团抽调演员，所以青年团中央就利用各地文艺工作者来北平参加全国第一次文代会的机会，从中抽调一部分演员参加出国文工团。1949 年 6 月，青年团中央计划从东北区抽调 5 名，从西北区抽调 2 名，均从参加文代会的文艺代表中选出。另外，计划从第一野战军战斗剧社选出 1 名、第二野战军选出 1 名、第三野战军选出 2 名、第四野战军选出 2 名、内蒙古舞蹈演员选出 1 名、京剧②选出 5 名，从国统区文艺工作者中选出 2 名，但是这些人员名单迟迟未能报到青年团中央，③所以这一计划也没能实现，实际上是从出席全国第一次文代会的代表和到北平为文代会演出的文工团中挑选的。在筹备全国第一次文代会期间，也邀请了 35 个戏剧、舞蹈及杂技团体和 14 个音乐团体为大会演出节目，④所以全国许多文艺团体都集中在北平。

在 7 月 14 日新华社记者从中国民主青年代表团负责人那里了解到的

---

① 陈培浩、阮援朝：《文学苦旅——阮章竞小传》，《中国作家》2014 年第 18 期。

② 当时称"平剧"。

③《中国新民主主义青年团中央委员会致中央广播事业管理处冯文彬函》，中央档案馆。

④《大会筹备经过》，中华全国文学艺术工作者代表大会宣传处编：《中华全国文学艺术工作者代表大会纪念文集》，新华书店，1950 年 3 月，第 127 页。

名单中，除了三位团部领导人和来自青艺、华大文工团和华北人民文工团的演员外，还有来自全国各文工团体的夏静、王琳、艾洪力、黄俊耀、董小吾、沈亚威、张水华、马可、斯琴塔日哈、贾作光 10 人。[①]中央档案馆保存的 7 月 15 日提出的 68 人名单中，则为斯琴塔日哈、贾作光、乌云、张水华、马可、瞿维、黄俊耀、王琳、艾洪力、董小吾、沈亚威、周巍峙、刘群英、夏静等 14 人，增加了乌云、瞿维、周巍峙[②]、刘群英 4 人。

表四　来自其他单位出国文工团成员情况（1949 年 7 月 15 日）[③]

序号	姓名	性别	籍贯	出生年月日	所属单位（职位）
1	斯琴塔日哈	女	黑龙江大赉	1931.7.24	内蒙古文工团团员
2	贾作光	男	辽宁沈阳	1923.2.1	内蒙古文工团舞蹈组组长
3	乌云	女	热河	1931.2.8	内蒙古文工团团员
4	张水华	男	江苏南京	1916.11.23	沈阳鲁艺文工团团长
5	马可	男	江苏徐州	1917.6.15	沈阳鲁艺文工团副团长
6	瞿维	男	江苏武进	1918.4.3	沈阳鲁艺音乐系主任
7	黄俊耀	男	陕西澄城	1917.8.8	西北陇东文工团团长
8	王琳	女	云南石屏	1917.1.31	陕甘宁边区文协创作组
9	艾洪力	男	辽宁大连	1924.3.10	山东局宣传部人民剧团
10	董小吾	男	山东鱼台	1921.3.22	一野政治部战斗剧社副社长
11	沈亚威	男	浙江吴兴	1920.12.16	三野文工一团团长
12	周巍峙	男	江苏东台	1916.6.18	天津军管会文教部文艺处副处长
13	刘群英	男	河北安平	1924.9.23	新华社新闻组副组长
14	夏静	女	重庆	1924.9.2	不详

内蒙古文工团和沈阳鲁艺文工团当时也在北平为第一次文代会演出。

---

① 《出席世界青年节及世界青年大会我代表人选业已推定，即将携带大批展览图表及礼物启程赴匈》，《人民日报》，1949 年 7 月 16 日。

② 周巍峙的情况在有关华大文工团的部分已有介绍。

③ 《出席世界青年与学生节代表团名单》，1949 年 7 月 15 日，中央档案馆。

沈阳鲁艺文工团与旅大工人文工团联合演出《二毛立功》和《王家大院》，沈阳鲁艺音乐工作团演出《音乐会》，沈阳鲁艺文艺学院舞蹈班还与内蒙古文艺工作团联合演出舞蹈《希望》（双人舞）、《牧马》（单人舞），以及集体舞《新年拜》和《鄂伦春舞》。出国文工团中来自沈阳鲁艺的三位成员，张水华和马可是鲁艺文工团的团长、副团长，瞿维是鲁艺音乐系主任，而且张水华还是出席第一次文代会的代表。

张水华，原名张毓蕃，祖籍湖北，1916 年生于南京。他祖父在晚清做过知县，父亲也在衙门里当过幕僚，哥哥毕业于日本东京帝国大学，回国后当过地方法院的院长，也在法政大学当过几年教授，后来在家里闲居，又当律师。张水华小的时候，他父亲仍让他读私塾，后来他姐姐到女子师范读书，他就跟姐姐去该校附属实验小学读书，每天读完小学回来还要读私塾。到了小学五六年级，他父亲觉得银行、邮政局、海关这些新机构也不错，又让他念英文。[①]1926 年秋国民革命军打到南京时，张水华还在读小学。这年寒假张水华小学毕业，考入实验学校，他跳了半级，初一上学期没有读，直接读初一下学期，与舒强、吕复、许之乔、王逸等人成了同学。1929 年春父亲去世，家庭破败，使张水华的思想发生了很大变化，与吕复、舒强等同学一起活动，开始接触新文艺。1930 年与吕复、许之乔等组织了一个"胎儿艺社"，在报纸上办副刊。他这时常用"水花"的笔名，后来觉得男孩子叫"水花"不好，改为"水华"。[②]后来慢慢觉得像田汉这样，既搞文艺，又能谋生，还能按照自己的道路走下去，自得其乐，很适合他们，于是他们就转向文艺，排过田汉的《南归》，张水华还模仿《南归》写了一个剧本，自我欣赏。张水华说："如果不是'九一八'

---

①② 舒晓鸣：《水华访谈录》，《北京电影学院学报》1999 年第 3 期。

事变爆发，我们也许会沿着'南国社'前期的路子走下去。"①

1931 年"九一八"事变爆发给张水华带来很大震动，学生要求组织军训，学校停课，学生们也自动到校。接着又发生了"一·二八"淞沪抗战，一下子把全国人民的注意力集中到抗日上来了，学生要求抗日。张水华也是从这时起开始从事左翼戏剧运动。在苏州美专读书的王逸将田汉的《乱钟》《战友》等剧本带回南京，张水华他们非常喜爱，于是将"胎儿艺社"改为"磨风艺社"。这个名字来自英文单词"moving"，张水华解释说，那时候左翼喜欢画齿轮，画机器，以为一切运动的、能冲破陈旧的都是先进的，磨风艺社也画了一幅工人推动滚滚向前的车轮的图案作为社徽。当时南京还有一个颇有名气的学生剧团叫"南钟剧社"，在省立南京一中读高中的舒强是主要成员之一。"九一八"事变后，南钟剧社就开始进行救亡宣传。1933 年夏，南钟剧社到上海邀请南国社左明等人到南京演出，磨风艺社也参加演出，张水华在《五奎桥》里演一老农，在《谁是朋友》中演戴眼镜的牧师，在《乱钟》中演写情书的大学生。演出结束之后，张水华来到上海，考入复旦大学法学系，但是只读了一个月就不去了，临时组织了一个"拓声剧社"，自筹资金演出美国剧作家奥尼尔的四幕话剧《天边外》，赵丹当导演，张水华演弟弟，演员还有徐韬、刘丽影，还临时把李云鹤（蓝苹，江青）也请来演老太太。这是张水华第一次演大戏，赵丹已是明星公司的名演员，他也成了张水华的老师，一招一式地教他表演。②

---

① ② 舒晓鸣：《水华访谈录》，《北京电影学院学报》1999 年第 3 期。

不久张水华又回到南京，继续在磨风艺社活动。1934年春，张水华和舒强加入南京左翼剧联。这年夏天，章泯、陈鲤庭、陈荒煤、塞克、沙蒙等人以"大地剧社"名义到南京大世界舞台演出，临时加演一出戏《父归》，由章泯导演，演员基本上都用南京当地的，舒强演母亲，吕复演大儿子，张水华演二儿子。1935年元旦，磨风艺社在陶陶大戏院公演易卜生的多幕剧《娜拉》，影响很大。1935年春磨风艺社准备在"三八"妇女节时再演《娜拉》，不料在公演的前一天晚上舒强等主要成员被捕，南京左翼剧联也受到破坏，无法开展活动。这时期张水华隐居在家，读了不少政治经济学、哲学书籍，同时想到日本向进步的"筑地小剧场"学习，便与已去日本的吴天联系，于1936年春也到了日本。在东京帝国大学法律系挂了个名，每天除了观摩筑地小剧场的戏，也看了不少日本和美国、德国的电影。张水华还加入了"中华戏剧协会东京分会"，又参与组织"中国留日剧人协会"，由张水华当导演，在筑地小剧场演出《娜拉》。舒强出狱后，于1937年初在上海参加了左翼剧联领导的第一个职业剧团——上海业余实验剧团，成为一名职业演员。张水华也于这年4月从日本回到国内，在上海与章泯在一起，为量才学校的剧团排演了莫里哀的《悭吝人》。回到南京，很快全面抗战就爆发了，张水华跟随姐姐到了扬州，将母亲等人安顿好后，就到镇江参加了抗日救亡演剧四队。①

　　张水华、舒强随演剧四队沿江而上，到了南京改称"军委会抗敌演剧队"，然后继续溯江而上，到了九江、汉口，在各地演出《三江好》《八百壮士》等剧目。当时舒强也参加了上海救亡演剧四队，到达武汉后改为"抗敌演剧二队"，吕复任队长，舒强任演出部主任、导演，也是主要演员之一。

---

　　① 舒晓鸣：《水华访谈录》，《北京电影学院学报》1999年第3期。

舒强在《三江好》中的角色扮演非常成功。这是一部歌颂东北抗日英雄的独幕剧，深受广大群众欢迎，演出达五六百场。王家乙、许之乔等人也都在二队，张水华就转到了演剧二队。张水华那时也是一般的戏都演，偶尔也当导演排排戏，还开展歌咏活动，进行时事宣传。每天早上、上午去演讲，下午、晚上排戏、演出。

演剧二队在汉口演了一个时期后，向衡阳、长沙撤退，最后洪深把他们送到江西南昌，又撤退到新余休整。1939 年夏天，形势相对稳定，演剧二队开始排大戏了。这时陶行知在四川创办的育才学校想培养文艺人才，邀请贺绿汀负责音乐组，章泯负责戏剧组，陈烟桥负责美术组，接着任虹也到了音乐组，张水华和舒强也因向往延安而离开演剧二队来到重庆，加入育才学校戏剧组，张望到了美术组，后来沙蒙、王家乙也来了，到戏剧组担任教员。舒强主要教表演，张水华教导演，给学生排过《最后一课》《为了大家》等。这时期章泯翻译了斯坦尼斯拉夫斯基的《演员自我修养》的前八章，对张水华排戏有很大影响，莫斯科艺术剧院几乎成了他们崇拜的偶像。从此张水华排戏要求严格，追求真实，在江西排《人命贩子》时，把演员都排哭了。①

章泯当时已经是中共党员，育才学校有好几位教员都是从延安来的，张水华在读了毛泽东《新民主主义论》等革命书籍之后，也想到延安去。1940 年②，舒强、张水华、沙蒙等人到了重庆，舒强和沙蒙演戏较好，就到了"中制"剧团，张水华和江风是单身，周恩来让徐冰帮他们弄来假证明和车票，化装成国民党的工作人员，从曾家岩出发，搭乘胡宗南部队的交通车，经广元等地，到了西安八路军办事处。在

---

① 舒晓鸣：《水华访谈录》，《北京电影学院学报》1999 年第 3 期。

② 一说为舒强于 1944 年到达延安。

这里住了一个星期后，换上八路军军装，以八路军的身份，由西安八办用军车送到延安。[①]

到延安后，张水华在鲁艺实验剧团当导演，戏剧系成立后，舒强在戏剧系担任教员，张水华又在戏剧系辅助表演练习。当时延安鲁艺戏剧系的教材，主要是沙可夫从苏联带回来的斯坦尼斯拉夫斯基的学生写的《演剧教程》和张水华带去的章泯翻译的斯坦尼斯拉夫斯基的《演员自我修养》前八章的抄本。后来又找到了上海出的《剧场艺术》杂志，其中有俄文版的《演员自我修养》，又补译了另外几章。[②]延安最初主要演抗战题材的小戏，后来要求"提高"、"发展"，就用斯坦尼斯拉夫斯基体系，演出曹禺的《雷雨》《日出》等大戏。皖南事变后，王震之写了《白占元》，由张水华来排，这是张水华到延安后排的第一部戏，后来张水华又排过苏联的《海滨渔夫》，由于蓝、王家乙主演。1941年底，鲁艺又排演了苏联多幕剧《带枪的人》，由王滨和张水华联合导演，演出效果较好。[③]1942年，在整风运动期间，张水华还排演过苏联话剧《神手》，效果也不错。贺龙看了后说，戏很好，但是苏联的，我们也有劳动模范，你们为什么不演？毛泽东发表《在延安文艺座谈会上的讲话》的时候，张水华也去听了，当时还不知道是干什么，张水华和钟敬之一起去的，第一次毛泽东讲了"引言"部分，张水华听了觉得很对。

毛泽东《在延安文艺座谈会上的讲话》和后来关于"大鲁艺""小鲁艺"的讲话，对张水华他们触动很大。张水华说，从此他的艺术创作进入了一个新的阶段。[④]毛泽东讲"大鲁艺""小鲁艺"之后，宣传部长凯丰等人也都讲了话，要求文艺工作者下去体验生活，与工农兵相结合。

---

①②③④ 舒晓鸣：《水华访谈录》，《北京电影学院学报》1999年第3期。

于是张水华就和陈荒煤、姚时晓到了劳动英雄吴满有家，任务是将吴满有的事迹写成话剧剧本。张水华说，这次下乡，使他们开始能说一些群众的语言，方言也懂些了，农民的生活方式慢慢也了解一些了。[①]延安从1943年元旦开始闹秧歌，李波和王大化表演了《拥军花鼓》，秧歌剧很快发展起来，春节时鲁艺又表演了《兄妹开荒》，在延安影响很大。本来他们这个组是重点，春节回来一看秧歌剧发展很快，加上整风运动紧张，只写了一个提纲，就停下来了，张水华也开始编导秧歌剧，话剧基本上停了。[②]

　　1943年冬天，中共中央西北局组织延安的五个专业文艺团体到陕甘宁边区的五个分区去工作，延安青艺到三边专区，西北文工团到陇东专区，鲁艺组织了一个文艺工作团到绥德专区，张水华也是成员之一。鲁艺文工团深入绥德专区，一面慰问部队，一面为老百姓演出，深入生活。鲁艺工作团到了子洲县时，了解到武装土匪朱永山的故事。朱永山参加过土地革命，后来当了土匪，盘踞在国民党和共产党控制区之间犬牙交错的"插花"地带，投靠了国民党，经常到共产党控制区劫掠，后来被共产党的保安队抓住了。领导让张水华和王大化把朱永山的故事编成一出戏，于是创作了大型秧歌剧《周子山》，1944年春回延安汇报演出，群众反映"很有土地革命时代气氛"，成了鲁艺的保留剧目，[③]还获得了陕甘宁边区文化奖一等奖，1944年张水华也被评为延安文教战线模范工作者。

　　回延安后，张水华也曾参加歌剧《白毛女》的创作讨论，最初还决

---

　　①②③ 舒晓鸣：《水华访谈录》，《北京电影学院学报》1999年第3期。

定由王大化、王滨和张水华共同负责导演，[①]后来张水华在排演过程中被调去和何士德一起主持学习班，培养艺术干部。当时张水华和王大化一直要求去前线打仗，本来周扬都已经同意了，结果正赶上日本投降了，也就没有去前方。

马可，1917年6月出生于徐州西关的一个基督教徒家庭，以开设牛奶作坊，为乡里邻居和传教士提供牛奶为生计。在他幼年时期，由于当地教会人士对其家庭生活上的接济，他父亲带领全家信奉了基督教，并给马可兄弟姐妹四人分别起了带有宗教色彩的名字，马可的名字来自传播《马可福音》的一位圣徒，他的哥哥起名马路德，则是为了纪念马丁·路德。[②]马可是兄弟姐妹中最小的，哥哥姐姐都被父母送到教会学校读书，后来哥哥当了牧师，二姐在教士和教会学校当音乐教员，之后又嫁给了圣公会的牧师。[③]父亲也希望马可长大以后能在教会谋一个神职，所以他四岁时就被送到教会开办的幼稚园。五岁时父亲去世，由母亲拉扯成人。母亲变卖家产，坚持让他到教会小学读书。1928年徐州战事频繁，学校停课，兄弟姐妹在家组成"马氏家庭乐园"，一边读书讨论，一边搞文艺娱乐，[④]还创办了一个叫《乐园》的家庭刊物，[⑤]家庭和教会对他有很大影响。1929年，马可考入当地一所教会学校徐州培心中学，马可在这里参加了学校的唱诗班，受到了西洋音乐的熏陶。三年后，考入私立徐州培正中学高中部，课余时间在音乐老师刘可正指导下学习拉二胡和弹

---

① 舒晓鸣：《水华访谈录》，《北京电影学院学报》1999年第3期；《悼念水华同志》，《电影艺术》1996年第2期；李炳华、周塞峰：《〈白毛女〉的生命力——访歌剧〈白毛女〉总导演舒强》，《新闻与写作》1986年第1期。

②③④ 关心：《青年马可的思想变革与音乐道路》，《音乐研究》2013年第1期。

⑤ 马海星：《马可在河南大学的前前后后》，《河南大学学报》1984年第5期。

琵琶，①这使他拉得一手很好的二胡。

马可在中学阶段功课在班里也是名列前茅，在化学老师影响下，他决心献身化学，做一名门捷列夫、居里夫人那样的化学家，所以1935年高中毕业后考入河南大学化学系。他后来在与人谈起自己少年时代的理想时说："少年时，听说欧洲（瑞典）有个化学家诺贝尔发明硝酸甘油，是一种炸药，使他的国家富强起来。我想，我学化学，将来也发明一种什么东西让中国富强起来，老百姓生活好一些，洋鬼子不敢欺负我们。"②然而"一二·九"运动改变了他的志向，他参与了开封学生的"卧轨请愿"，还参加救亡歌咏运动。1936年秋萌发了创作音乐的欲望，开始埋头自学音乐创作。1937年全面抗战爆发后，马可毅然放弃化学，发起组织了"怒吼歌咏队"，在开封开展救亡歌咏运动，并将自己创作的歌曲编成集子，起名《牙牙集》。③9月，冼星海随上海救亡演剧二队来到开封，鼓励马可走上从事革命音乐的道路。1937年底，怒吼歌咏队等开封青年文艺团体联合组成"河南省抗敌后援会巡回演剧第三队"，到豫西南农村进行抗日救亡宣传。1938年7月，演剧三队到达武汉，在洪深的介绍下，演剧三队被收编为国民政府军委会政治部抗敌演剧队第十队，负责歌咏指挥和音乐创作，到洛阳一战区进行慰问演出。但是，演剧十队与一战区政治部的关系日趋紧张，马可正在苦闷间，1938年10月收到冼星海来信，告诉马可他已接受延安鲁艺的聘请，希望马可一同到延安去学习，但是

---

① 关心：《青年马可的思想变革与音乐道路》，《音乐研究》2013年第1期。

② 晏甬：《我所认识的马可》，《人民音乐》1998年第11期。

③ 汪毓和：《为人民的事业贡献终身——纪念马可逝世二十周年》，《人民音乐》1996年第4期。

马可因为队中事情脱不开身而没有同行。[①]1939 年 12 月冼星海再次来信邀请马可到鲁艺学习，这时马可他们在晋南一带活动，在中共地下党的帮助下，演剧队的老队员分批撤退，于是马可与瞿维等人从山西步行前往延安。[②]

瞿维也是在冼星海的鼓励下走上革命音乐道路的。他于 1918 年生于江苏常州，乳名二星，原名瞿世荣。他姑姑是新式学堂毕业的，会唱歌，还会弹风琴，瞿维受其影响，自小喜爱音乐。瞿维 12 岁时进入武进县立初中学习，曾参加校内的京戏小组，学过青衣。不过他那时最喜欢的还是美术，1933 年瞿维考入上海新华艺术专科学校师范系，副科主修音乐，开始接触交响乐，于是深深爱上了音乐。[③]1935 年春天，瞿维等新华艺专学生为冼星海谱写的电影《时势英雄》插曲《运动会歌》录音，因此结识了冼星海。[④]接着瞿维就到内地去了，再回上海时已在"七七事变"之后。有一天瞿维从报纸上看到上海各歌咏团体将在文庙举行千人大合唱，也赶去参加，再次见到了冼星海。在冼星海的感召下，瞿维开始认真思考艺术对社会应起的作用，再也不愿意把自己关在象牙塔中了，开始接触马列主义。1935 年毕业后先后在上海、湖北宜昌任中小学音乐、美术教师。这年 11 月经过汉口时，再次见到了冼星海。1938 年 5 月，瞿维加入中国共产党，11 月加入重庆中国电影制片厂合唱团，第二年 10 月到第二战区民族革命艺术学院任音乐系主任。学院位于陕甘宁边区边境的一个小镇宜川，离延安只有一百多里，瞿维曾和安林步行到延安鲁艺"取经"，拜访了在延安鲁艺担任音乐系主任的冼星海和梁寒光等人。[⑤]1940

---

① 汪毓和：《为人民的事业贡献终身——纪念马可逝世二十周年》，《人民音乐》1996 年第 4 期。

② 董芳：《理论与实践并重：马可音乐思想研究》，《艺术百家》2015 年第 S1 期。

③ 许国华：《音乐艺术上的探索者——瞿维》，《人民音乐》1980 年第 12 期。

④⑤ 瞿维：《忆星海》，《人民音乐》1958 年第 8 期。

年"皖南事变"之后，在二战区的进步青年差不多全到延安去了，于是瞿维也到了延安，①"瞿维"的名字就是到延安后取的。②

瞿维被分配到延安鲁艺音乐系当教员，并担任音乐工作团研究科长。③马可到延安后也进入鲁艺音乐系学习。冼星海让他不要当学生，去音乐工作室工作，同时向冼星海学习作曲。学习了几个月，1940年7月马可与庄映被派去给边区民众剧团当音乐教员，收集民歌。在民众剧团，马可记谱、学唱，也参加文武场。民众剧团有位叫李波的老艺人，马可还跟他学习眉户戏。④在一次延安文艺工作者讨论会上，民众剧团团长柯仲平说："鲁艺做了件好事，派来了马可，他的工作很精彩……我们有了音乐干部马可，中国的歌剧就能搞成了。"⑤

1941年初马可回到鲁艺，继续在鲁艺音工团工作。毛泽东《在延安文艺座谈会上的讲话》发表后，马可、瞿维和安波等人一起收集民歌，还和张鲁、刘炽、关鹤童等人发起组织了一个民歌研究会。⑥马可是民歌研究会的骨干，他总是利用一切机会去收集、研究、整理、分析所能得到的各种民间音乐资料，很多民歌资料都是他亲自刻印的。⑦安波作词，马可作曲，创作了一部非常富有民族特色的大型组歌《七月里在边区》。⑧1943年马可为贺敬之作词的歌舞《挑花篮》插曲之一《南泥湾》作曲，更使他在陕甘宁边区一举成名。1944年马可利用眉户这种地方戏曲形式写出反映人民新的生活风貌的《夫妻识字》。1945年，马可、瞿维都参与了新歌剧《白毛女》的音乐创作。

① 瞿维：《忆星海》，《人民音乐》1958年第8期。

②③ 许国华：《音乐艺术上的探索者——瞿维》，《人民音乐》1980年第12期。

④⑤⑥ 晏甬：《我所认识的马可》，《人民音乐》1998年第11期。

⑦ 瞿维：《深切怀念马可同志》，《人民音乐》1977年第4期。

⑧ 汪毓和：《为人民的事业贡献终身——纪念马可逝世二十周年》，《人民音乐》1996年第4期。

抗战胜利后，张水华、马可和瞿维都随东北文艺工作团来到东北。1945 年 11 月中央又决定将包括鲁艺在内的整个延安大学全部迁往东北办学，争取青年。当延大迁校队走到河北怀来县时，因东北战场形势急转，去路堵塞，中央电令延大迁校队伍折返张家口待命，遂与华北联大会合。[①]1946 年春，鲁艺奉命再次从张家口向东北进发，经张北、承德、赤峰、林西、林东、白城子辗转到达北满齐齐哈尔，于 6 月进入哈尔滨，在哈尔滨演出了《白毛女》。9 月，因国共和谈破裂，国民党军队大举进攻解放区，形势突变，鲁艺奉命从哈尔滨撤退到佳木斯，编为东北大学文艺学院，在这里招收了第七届学员 52 人。[②]12 月，东北局宣传部部长凯丰指示鲁艺脱离东北大学，编为两个文工团和一个文艺工作小组，分别受合江省委、牡丹江省委和哈尔滨市委领导。鲁艺根据东北局宣传部指示，结合学员人数不多的实际情况，1947 年初在牡丹江成立了牡丹江省鲁迅文艺工作团（鲁艺一团）和哈尔滨工作小组，瞿维是鲁艺一团副团长。[③]1947 年 5 月，鲁艺派往合江省刁翎县参加土改工作的十余名干部返回佳木斯，加上东北大学送来的二十几名同学，在佳木斯成立了合江省鲁迅文艺工作团（鲁艺二团），由张水华任团长，马可是团委成员，7 月将演出科改为演出教育科后，马可任科长。5 月底，又以原哈尔滨工作小组为基础，在哈尔滨组建了松江省鲁迅文艺工作团（鲁艺三团）。

1947 年春季战役胜利后，从北满分局调任南满分局书记的陈云对东北局宣传部提出，要鲁艺派一个文工团到南满来开展工作。于是从东北鲁艺三个文工团中各抽调了一部分骨干力量，7 月下旬在牡丹江正式组

---

①②③ 谷音、石振铎、傅景瑞合编：《鲁迅艺术学院》第一辑《鲁迅艺术学院——沈阳音乐学院大事记（上）》，沈阳音乐学院《东北现代音乐史》编委会：《东北现代音乐史料》第一辑，1983 年 4 月，第 41—45 页。

成鲁艺第四团，由张庚任团长。他们从牡丹江出发，先乘火车到图们，然后和野战军南进的部队结伴而行，经敦化、延吉、蛟河、吉林、磐石、桦甸、梅河口，于9月中抵达中共东北局南满分局所在地通化。[①]所以有时鲁艺四团也称"通化团"。1948年春又在哈尔滨正式成立了东北音乐工作团（简称"音工团"），瞿维调到音工团工作。长春解放后，音工团改编为东北军区政治部艺术大队三分队。

1948年7月23日，吕骥、舒非、张水华、晏甬在牡丹江总结各团一年来的工作，提出恢复鲁艺的方案。8月，鲁艺三团到长春，暂列编为四野一兵团司令部宣传队，11月28日到达锦州。11月2日沈阳解放，第二天上午鲁艺四团即从本溪进入沈阳，鲁艺一团和二团也于3日下午从新民进入沈阳，12月26日三团也从锦州开进沈阳。东北音工团也划归鲁艺，改称"鲁艺音工团"。东北局决定鲁艺在沈阳恢复办学，在东北鲁艺文工团的基础上，利用中正大学校舍，正式挂出鲁迅文艺学院的牌子，招收了第八届学员。[②]沈阳鲁艺设美术部、音乐系、戏剧系、舞蹈班和文学研究室，瞿维为音乐系主任、副教授。附设文工团和音工团，张水华为文工团团长，马可为副团长，张水华也担任教授，马可为音乐系副教授，讲授民间音乐课程。[③]当时鲁艺音工团也到北平为全国第一次

---

① 谷音、石振铎、傅景瑞合编：《鲁迅艺术学院》第一辑《鲁迅艺术学院——沈阳音乐学院大事记（上）》，沈阳音乐学院《东北现代音乐史》编委会：《东北现代音乐史料》第一辑，1983年4月，第47页。

② 谷音、石振铎、傅景瑞合编：《鲁迅艺术学院》第一辑《鲁迅艺术学院——沈阳音乐学院大事记（上）》，沈阳音乐学院《东北现代音乐史》编委会：《东北现代音乐史料》第一辑，1983年4月，第53页。

③ 汪毓和：《为人民的事业贡献终身——纪念马可逝世二十周年》，《人民音乐》1996年第4期；谷音、石振铎、傅景瑞合编：《东北现代音乐史料》第一辑《鲁迅艺术学院——沈阳音乐学院大事记（上）》，1983年第59页。

文代会演出，在北平演奏了马可的《陕北组曲》。①

内蒙古文艺工作团是 1946 年 12 月由内蒙古自治运动联合会在张家口组建的，是由两个文工团合并而成的。一个是 1946 年 4 月 1 日周戈等人在延安来的文艺干部的帮助下，在张家口上堡成立的内蒙古文艺工作团，另一个是 1946 年 3 月在赤峰成立的内蒙古自治学院为开展"红五月"文艺演出活动而组成的一个剧团，本来打算命名为绰苏图文工团，而内蒙古自治运动联合会也将其命名为"内蒙古文艺工作团"。1946 年 9 月，该团从赤峰撤退，12 月在林东与周戈任团长的内蒙古文工团会合，于是两团合并为新的内蒙古文工团，乌云当时是该团舞蹈组的演员。②1947 年 5 月，内蒙古文工团又从东北军政大学和东北大学等校毕业的蒙古族与达斡尔族学员中吸收了 20 多名演员，斯琴塔日哈也是这一时期加入内蒙古文工团的。

斯琴塔日哈于 1931 年出生于黑龙江大赉县（后划归吉林省）阿巴干西坡村（大茨勒营子屯）的一个富裕的蒙古族家庭，其祖父巴拉珠尔是科尔沁草原上的贵族，也是阿巴干西坡村的首富，会拉四胡，能唱很多民歌，母亲洁吉嘎是阿巴干西坡村的"第一美人"，不仅人长得漂亮，还有一副好嗓子。村里男女老少也都喜欢唱民歌，斯琴塔日哈就是听着民歌长大的。③祖父巴拉珠尔思想开明，斯琴塔日哈自幼在扎赉特旗音德尔镇小学学习，曾代表学校参加各种歌舞表演。1945 年 8 月学校因时局原因而停课，斯琴塔日哈回到阿巴干西坡村。1947 年初，斯琴塔日哈的堂姐葛根塔日哈应未婚夫之邀到王爷庙（乌兰浩特）学习，斯琴塔日哈也希望去外面学习，当时父亲在外地，母亲坚决反对，斯琴塔日哈以"绝

① 谷音、石振铎、傅景瑞合编：《鲁迅艺术学院》第一辑《鲁迅艺术学院——沈阳音乐学院大事记（上）》，沈阳音乐学院《东北现代音乐史》编委会：《东北现代音乐史料》第一辑，1983 年 4 月，第 52 页。

② 美丽其格：《内蒙古文工团的沿革》，《艺圃》1992 年第 1-2 期（总第 20、21 期）。

③ 查娜：《斯琴塔日哈：草原女儿舞动民族之美》，《中国民族报》2012 年 8 月 3 日第 11 版。

食"相求，最后母亲只好同意了，于是斯琴塔日哈来到王爷庙以北的索伦，进入乌兰夫开办的内蒙古青年学校学习。但是入学刚几个月，学校决定放长假，因为东北战事紧张，学校物资供应困难。于是，年龄大的同学当兵上前线去了，年龄小的同学则返回家乡，等待学校的通知。斯琴塔日哈不愿意返回家乡，留在了索伦。1948 年初，东北局势好转，斯琴塔日哈和一批同学转入内蒙古军政大学，并加入校文工队，任舞蹈演员，不久成为内蒙古文工团的专业演员。由于人员增多，内蒙古文工团的舞蹈组也扩编为舞蹈队。

贾作光是 1947 年随吴晓邦来到内蒙古的。他于 1923 年出生于沈阳市一个满族贫民家庭，自幼喜欢民间表演艺术，1938 年考入长春满映演员训练班，师从日本舞蹈家石井漠，在学习过程中就创作了他的第一部舞蹈作品《渔光曲》。①1947 年贾作光到内蒙古后，为牧民表演了《牧马舞》，一开始并不是很成功，后来经过深入牧区体验生活，不断修改，才获得牧民的鼓掌认可。②贾作光在内蒙古草原度过了他生命中最宝贵的年华，他自称"呼德沁夫（草原之子）"，牧民亲切地称他为"玛奈（我们的）贾作光"，被誉为蒙古族艺术舞蹈的奠基人。③

1948 年 9 月，应东北青联的邀请，内蒙古文工团到哈尔滨参加为筹集青年基金而组织的募捐公演。10 月又从哈尔滨前往沈阳，11 月初进入刚刚解放的沈阳开展宣传活动。1949 年夏，内蒙古文工团又到北平为全国第一次文代会演出。④1949 年 6 月共青团中央委员会考虑从内蒙古抽调蒙古舞蹈演员 1 名，大概是因为选中了贾作光的单人舞《牧马舞》，

---

① 李颖：《贾作光舞蹈艺术研究》，内蒙古大学硕士学位论文，2012 年 4 月 16 日，第 3—4 页。
② 李颖：《贾作光舞蹈艺术研究》，内蒙古大学硕士学位论文，2012 年 4 月 16 日，第 6 页。
③ 李颖：《贾作光舞蹈艺术研究》，内蒙古大学硕士学位论文，2012 年 4 月 16 日，第 7 页。
④ 美丽其格：《内蒙古文工团的沿革（续）》，《艺圃》1992 年第 3 期（总第 22 期）。

而后来又增加了双人舞《希望》，所以又增加了乌云和斯琴塔日哈两名女舞蹈演员。

　　来自一野政治部战斗剧社的董小吾和三野文工一团的沈亚威当时也是出席全国第一次文代会的部队文艺工作者代表。[1]董小吾是战斗剧社副社长，战斗剧社当时也在北平为全国第一次文代会演出，演出节目为《九股山的英雄》和《女英雄刘胡兰》。

　　战斗剧社成立于1936年7月，其前身是湘鄂西苏区的红军宣传队。1936年红二方面军和红四方面军在甘孜会师后，贺龙和任弼时正式将这支红军宣传队命名为"战斗剧社"，以李伯钊为社长。全面抗战开始后，战斗剧社随八路军一二〇师转战华北。

　　董小吾，原名董慎吾，1921年出生于山东鱼台县谷亭镇一个农民家庭，抗战爆发时正在山东滋阳乡村师范学校就读，于是怀着极大的爱国热情参加了山东学生流亡演出队，到徐州等地从事抗日救亡宣传活动。[2]10月，董小吾等人来到南京，为守卫南京的抗日将士演出。12月13日南京沦陷，演出队成员各自逃散，董小吾躲进由英美等国使馆在陆军大学设立的难民营。四个月后，董小吾侥幸从南京逃出，几经辗转来到武汉，又参加了学生剧团。[3]1938年9月1日，董小吾来到延安，入陕北公学学习，11月参加陕北公学剧团。1939年6月，董小吾参加华北联大文工团话剧组，从延安出发前往华北敌后根据地。9月路过敌军封锁线时，董小吾因病留在了八路军一二〇师三五八旅政治部战线剧社，任戏剧教员兼艺

　　① 《参加全国第一次文代会的部队代表名单》，中国人民解放军文艺史料编辑部编：《中国人民解放军文艺史料选编·解放战争时期》上册，解放军出版社，1989年，第471—472页。
　　② 雪晴：《乘着音乐的翅膀——访艺术家董小吾》，《宁夏画报》2002年第4期。
　　③ 肖瑶、国安：《作曲家董小吾的抗战往事》，《金秋》2007年第9期。

术指导，后升为剧社副社长。^①1942 年 7 月到延安鲁艺学习毛泽东《在延安文艺座谈会上的讲话》，11 月战斗剧社回延安汇报演出，董小吾就于次年 3 月随战斗剧社回到前方，6 月返回战线剧社。

董小吾虽然没有接受过系统的、专业的音乐教育，但是在抗日战争和解放战争期间，创作和参与创作了许多作品。1940 年"百团大战"后，董小吾写下《百团大战组歌》八首，深受部队战士和群众欢迎，他也因此在解放区出了名。^②他不光写歌，排戏，还说过相声，著名歌剧《刘胡兰》，他也是创作者之一，还是导演。董小吾自己曾说："我干了一辈子文艺，影响最大的就是《刘胡兰》这部戏。"

抗战胜利后，1945 年 10 月，中共中央决定发起察绥战役，战斗剧社与独立一旅战力剧社和独立二旅战线剧社也随主力部队活动。战役结束后，战斗剧社回到丰镇。春节前后，战力剧社、战线剧社和独立三旅的战旗剧社也都来丰镇演出。为充实战斗剧社的力量，野战军司令部决定将战斗剧社与战力剧社和战线剧社合并，成立新的战斗剧社，也称"一野文工团"，董小吾担任副社长和一队（歌舞话剧队）队长。^③

1946 年冬，战斗剧社从察绥战场撤回晋绥军区驻地，军区政治部又决定将战斗宣传队并入战斗剧社，并从原来的战斗剧社和战斗宣传队抽调一部分人员成立了奋斗剧社，支援从中原突围归来的三五九旅。^④这时战斗剧社根据原战斗宣传队在忻北参加土改试点工作时收集的素材，组

---

① 雪晴：《乘着音乐的翅膀——访艺术家董小吾》，《宁夏画报》2002 年第 4 期。

② 李刚：《董小吾：品味神话般的艺术人生》，《宁夏日报》2008 年 12 月 29 日第 5 版。

③ 陈播：《"战斗剧社"战斗在西北战场》，中国人民解放军文艺史料编辑部编：《中国人民解放军文艺史料选编·解放战争时期》上册，解放军出版社，1989 年，第 20 页；陈播：《战斗剧社在解放战争时期纪事（上）》，《新文化史料》1998 年第 2 期。

④ 陈播：《战斗剧社在解放战争时期纪事（上）》，《新文化史料》1998 年第 2 期。

织魏风、马吉星创作了歌剧《土地回老家》，但 1947 年元旦演出后大家觉得不是很成功，贺龙也认为剧团对农村生活理解不深。[①]所以在春节前，战斗剧社又根据晋绥分局的决定，到汾阳县农村协助当地党政机关进行土改复查工作。一个多月后，战斗剧社到孝义县城为陈赓和王震的部队慰问演出，然后又到交城山区为独立二旅的战斗英雄庆功会演出，2 月随部队来到文水县开栅镇驻扎。一天，魏风从《晋绥日报》上看到刘胡兰壮烈牺牲的消息，为她的事迹和气概所感动，很想到刘胡兰的家乡云周西村去看看，但是因开栅镇距离云周西村还有三四十里路，而且云周西村靠近敌占区，独立二旅的首长们不同意他去。三五天之后的一天晚上，魏风随部队来到大象镇，这里距离云周西村不足五里，于是魏风就带着文水县长的介绍信去云周西村采访了刘胡兰的母亲胡文秀等人。随部队回到静乐县山区娄烦镇后，魏风向战斗剧社领导汇报了采访情况，大家一致要求他写个戏，于是魏风就花了三天三夜时间写出一个五幕话剧《女英雄刘胡兰》。[②]

话剧《女英雄刘胡兰》的剧本写好后，战斗剧社全体紧急动员，迅速投入排练，由朱丹任导演，孙乔英扮演刘胡兰。戏赶排出来后，首先为整训部队演出，获得初步成功。[③]但是演出效果并不令人满意，演了几场便放下了。[④]从文水、交城回到军区之后，军区政治部命令战斗剧社全

---

① 陈播：《战斗剧社在解放战争时期纪事（上）》，《新文化史料》1998 年第 2 期。

② 魏风：《永放光芒的名字——刘胡兰》，中国人民解放军文艺史料编辑部编：《中国人民解放军文艺史料选编·解放战争时期》上册，解放军出版社，1989 年，第 58 页。

③ 陈播：《"战斗剧社"战斗在西北战场》，中国人民解放军文艺史料编辑部编：《中国人民解放军文艺史料选编·解放战争时期》上册，解放军出版社，1989 年，第 23 页。

④ 董小吾：《新歌剧的回顾与展望——在新歌剧问题讨论会上的发言》，《剧本》1957 年第 4 期；黄庆和：《几件难忘的往事》，中国人民解放军文艺史料编辑部编：《中国人民解放军文艺史料选编·解放战争时期》上册，解放军出版社，1989 年，第 106 页。

体人员到黄河东岸临县一带参加晋绥分局领导的土改工作。1947年冬，土改工作告一段落，战斗剧社回到驻地进行三查三整运动。春节过后，1948年3月又奉命赶赴西北野战军作战前线慰问演出。魏风说，在赴"一野"途中，创作组的几个同志议论着如何把话剧《女英雄刘胡兰》这个戏改得更好，作为见面礼，带给"一野"的干部战士。大家一致认为话剧有所不足，当时正广泛上演歌剧《白毛女》《血泪仇》，战士们很喜欢歌剧这种形式，于是决定把话剧《女英雄刘胡兰》也改为歌剧。[①]到了晋南西吉县的一个村子，战斗剧社经过讨论，由魏风和刘莲池分别执笔，刘莲池写前五场，刘莲池又请董小吾写了第一场的前半段，魏风写后七场，罗宗贤、孟贵彬、黄庆和等作曲，大家创作热情都很高，连夜突击，五天之后剧本就写成了，曲子也很快谱出来了。[②]

　　战斗剧社只用了七天时间就完成了歌剧《女英雄刘胡兰》的创作。但是当时没有人会导演歌剧，董小吾自幼喜欢戏曲，在延安又演过秧歌剧，就由他来当导演，刘莲池、严寄洲、徐琪、邓芳、高保成、郭凝凝等参加演出。在西吉县驻地开始排练，演员演着演着就被刘胡兰的事迹感动得哭了，导演也跟着哭，一旁的老乡也一边看一边哭，戏排不下去了，就休息一会儿继续排。在西吉县基本排演完成后，战斗剧社仍边行军边排练，到达陕西河津时就正式演出了。[③]

　　陈播的说法稍有不同，他说战斗剧社是因为在河津演出的广场歌舞小节目受冷落，才决定将话剧《女英雄刘胡兰》改编为歌剧的。当时一野二纵留守处在河津，在运城战役后评剧团为当地军民演出《九

---

　　① 魏风：《永放光芒的名字——刘胡兰》，中国人民解放军文艺史料编辑部编：《中国人民解放军文艺史料选编·解放战争时期》上册，解放军出版社，1989年，第59页。
　　②③ 李刚：《董小吾：品味神话般的艺术人生》，《宁夏日报》2008年12月29日第5版。

件衣》《杜十娘》等，很受欢迎，人山人海，争相观看，可是战斗剧社所排的节目还是以前的广场歌舞剧等小节目，演出过程中，老百姓先是拥挤不堪，后来逐渐散开，只剩下有组织守纪律的军队观众，他们没有命令不能走，可是已有一些人坐在地上睡觉了。这给了战斗剧社全体人员极大的刺激，甚至有人认为这是战斗剧社历史上少有的"奇耻大辱"，于是发动大家讨论，然后根据大家的意见，决定将话剧《女英雄刘胡兰》改编为歌剧。①黄庆和则说，他们在离开兴县行军到河津的途中，酝酿过用歌剧形式改写剧本《女英雄刘胡兰》的事情，抵达河津后才重新结构剧本，创作了歌剧《女英雄刘胡兰》。《女英雄刘胡兰》的音乐大都是他们在河津的田野里写就的。那时正是春暖花开的季节，气候宜人，他们每天分散在绿油油的麦田里"耕耘"，用了一个多月的时间完成了全剧的音乐创作。②罗宗贤在歌剧《女英雄刘胡兰》音乐创作中显示了非凡的才能，其中不少音乐是他写的，那首《数九寒天下大雪》就是罗宗贤的杰作。③

歌剧《女英雄刘胡兰》演出非常成功，为从"西府战役"归来的部队演出时，场场人山人海，前后演出一百多场。二纵平剧团排演歌剧《女英雄刘胡兰》，也比过去演《九件衣》《杜十娘》更受欢迎。④歌剧《女英雄刘胡兰》的成功也进一步显示了董小吾的才能。由于董小吾多才多艺，

---

① 陈播：《"战斗剧社"战斗在西北战场》，中国人民解放军文艺史料编辑部编：《中国人民解放军文艺史料选编·解放战争时期》上册，解放军出版社，1989年，第24页。

② 黄庆和：《几件难忘的往事》，中国人民解放军文艺史料编辑部编：《中国人民解放军文艺史料选编·解放战争时期》上册，解放军出版社，1989年，第106页。

③ 黄庆和：《几件难忘的往事》，中国人民解放军文艺史料编辑部编：《中国人民解放军文艺史料选编·解放战争时期》上册，解放军出版社，1989年，第107页。

④ 陈播：《"战斗剧社"战斗在西北战场》，中国人民解放军文艺史料编辑部编：《中国人民解放军文艺史料选编·解放战争时期》上册，解放军出版社，1989年，第25页。

颇受贺龙偏爱，曾夸他说："这个小鬼能演、能导、能写，自己还能唱，嘴巴子还能讲。"①

也正因为歌剧《女英雄刘胡兰》产生了很大的反响，所以中宣部要战斗剧社也到北平为第一次文代会演出此剧。1949 年 3 月，贺龙到临汾向战斗剧社传达了这一任务，让战斗剧社把《女英雄刘胡兰》送到北平去演出。②贺龙曾鼓励说，"刘胡兰就是中国的卓娅，是了不起的英雄，战斗剧社要编好、演好刘胡兰。"③黄庆和还记得他们是从临汾坐装货的闷罐车赶到北平的，一路上大家兴高采烈，喜笑颜开。④5 月，战斗剧社来到北平，6 月歌剧《女英雄刘胡兰》在北平西长安街国民戏院（今首都电影院）公演，毛泽东、周恩来等国家领导人都来观看。⑤战斗剧社还将刘胡兰的妹妹刘爱兰接到剧社，在每次开幕前由她向观众作介绍，增加了真实的生活背景，更增强了此剧的可信度和感染力。歌剧《女英雄刘胡兰》在北平演出半个多月，也是场场满座。⑥

沈亚威是三野文工一团的团长，而当时代表华东野战军到北平为全国第一次文代会演出的是文工二团，文工一团奉命随总部渡江，进入上海进行文艺宣传。三野文工二团在北平演出的节目为《一样爱护他》《碾胜利米》《立功花鼓》和《淮海战役组歌》。⑦而沈亚

---

① 雪晴：《乘着音乐的翅膀——访艺术家董小吾》，《宁夏画报》2002 年第 4 期。

②⑥ 陈播：《"战斗剧社"战斗在西北战场》，中国人民解放军文艺史料编辑部编：《中国人民解放军文艺史料选编·解放战争时期》上册，解放军出版社，1989 年，第 32 页。

③ 魏风：《永放光芒的名字——刘胡兰》，中国人民解放军文艺史料编辑部编：《中国人民解放军文艺史料选编·解放战争时期》上册，解放军出版社，1989 年，第 59 页。

④ 黄庆和：《几件难忘的往事》，中国人民解放军文艺史料编辑部编：《中国人民解放军文艺史料选编·解放战争时期》上册，解放军出版社，1989 年，第 107 页。

⑤ 李刚：《董小吾：品味神话般的艺术人生》，《宁夏日报》2008 年 12 月 29 日第 5 版。

⑦ 韦明：《淮海决战前后的三野文工团一团》，中国人民解放军文艺史料编辑部编：《中国人民解放军文艺史料选编·解放战争时期》上册，解放军出版社，1989 年，第 379 页。

威正是《淮海战役组歌》的作者之一。7月6日，三野政治部文工二团在中南海演出《淮海战役组歌》，毛泽东称赞说："三野仗打得好，歌也唱得好！"①

　　沈亚威于1920年12月出生在浙江吴兴县南浔镇（今浙江省湖州市南浔区南浔镇）一个普通职员家庭。沈亚威的父亲沈谓在大革命时期公开的身份是国民党员，其实也是一名共产党员，大革命失败后不幸被捕，沈亚威全家也不得不多次迁徙，沈亚威读小学就经历了南浔镇小学、长兴红兴桥小学、湖州中学附属小学等多所学校。②在童年时期，既受到民间戏曲滩簧的熏陶，也喜欢黎锦晖的歌曲《月明之夜》《葡萄仙子》等。在读中学时，张树源、徐迟这些年轻教师传来了上海的进步歌曲，沈亚威尤其喜欢聂耳的《大路歌》《毕业歌》《新的女性》，黄自的《旗正飘飘》《山在虚无缥缈间》等，其中《山在虚无缥缈间》那此起彼伏的多声部旋律凝聚成的慷慨之声给沈亚威留下了十分美妙的记忆。③抗战爆发后，随家人迁居江西南昌，1938年5月考入江西青年服务团，被分派到第九队，从事街头救亡宣传活动。7月，同样在青年服务团工作的同乡、老师庄绍桢秘密介绍沈亚威去皖南新四军。8月1日，经新四军驻赣办事处介绍，沈亚威等30人乘车到浙江兰溪，而后坐船到安徽太平县，16日来到云岭新四军军部。④沈亚威在这里入伍，被分配到新四军战地服务团，在歌咏组任副组长，负责歌咏节目的选择和指挥。1939年3月，沈亚威被派到新四军教导总队新增设的文化队学习，沈亚威主要跟何士德学习音乐基本理论及指挥、作曲等。他在这里学习

---

　　① 史乃：《缅怀功勋卓著的作曲家沈亚威老师》，《钟山风雨》2016年第4期；晓河：《表现英雄性格美的歌》，《人民音乐》2002年第10期（总第438期）。

　　②③④ 王薇：《沈亚威：在硝烟中磨炼在创作中成熟》，《音乐周报》，2015年7月22日第B08版。

了半年，毕业时上交了一首自己作词作曲的歌曲《夜渡扬子江》，标志着他音乐生涯的开始。[①]

回到新四军战地服务团后，沈亚威担任歌咏组组长，担任指挥和作曲。1939年叶挺军长率战地服务团部分人员到江北新四军高敬亭部视察，沈亚威也跟随叶挺来到江北，在这里还培养了一批歌咏能手和指挥骨干。1939年9月，沈亚威加入中国共产党为预备党员，三个月后转为中共正式党员。1940年2月，沈亚威在跟随部队从苏中海安到盐城途中，看见田间白色的风车构成一幅美丽的图画，于是就让司徒扬作词，他谱曲，创作了一首《四季风车歌》，鼓励缴纳爱国公粮，歌颂军民合作，这首小曲很快传唱开来。几天之后，为了庆祝元宵节，沈亚威又与李增援、司徒扬合作创作了《大红灯》，演出也十分成功。[②]1941年2月起，沈亚威担任新四军一师政治部战地服务团的音乐教员。在创作过程中，沈亚威十分重视民歌，在苏北地区收集整理了大量民歌并集结成集，并创作了反映渔民生产和生活的《黄海渔民曲》（司徒扬词）和《金牛谣》。

1940年6月，陈毅率领新四军东进支队渡过长江，与八路军南下支队在盐城会师。10月，刘少奇率领华中局机关也来到盐城，在苏北创建了华中抗日根据地。贺绿汀、何士德、章枚、孟波等文艺工作者也聚集在华中根据地，还有许多来自南京、上海等地的知识青年，又从苏北地方调集了部分优秀人才，于是组建了"前线剧团"。日本投降以后，前线剧团随苏中军区领导机关从农村迁入东台城里，在中山公园剧场连续

---

① 史乃：《缅怀功勋卓著的作曲家沈亚威老师》，《钟山风雨》2016年第4期；王薇：《沈亚威：在硝烟中磨炼在创作中成熟》，《音乐周报》，2015年7月22日第B08版。

② 王薇：《沈亚威：在硝烟中磨炼在创作中成熟》，《音乐周报》，2015年7月22日第B08版。

公演了话剧《甲申记》二十多场。为了纪念人民音乐家冼星海，苏中军区还在东台举办了"黄河大合唱音乐会"，各军分区文工团近百人参加演出，沈亚威担任总指挥。①

1946 年 3 月，在江苏淮阴苏皖边区政府所在地召开华中地区宣传教育大会，各文艺团体前来会演，华中军区政治部当即决定将苏中军区新四军一师的前线剧团和新四军四师的拂晓剧团合并，成立华中军区文工团，沈亚威任华中军区文工团创作组组长。②华中军区文工团成立后，迁移到苏北淮安县城。1946 年 6 月，国民党军队大举进攻解放区，华中解放区大敌压境，战争一触即发，华中军区政治部陈其五主任令华中军区文工团开赴苏中前线。沈亚威随华中军区文工团跟随前线指挥部开赴泰兴、泰州前线。华中解放军在苏中前线取得"七战七捷"之后，部队要进行休整，文工团也集中到苏中前线政治部进行总结，号召大家各自发扬所长，以文艺为武器，为争取胜利尽力，为部队服务献身，于是掀起了创作的热潮，沈亚威的歌曲《打》（吴镇词）和《打个胜仗哈哈》都是这时创作的。③双灰山战斗之后，又由石林作词，沈亚威作曲，创作了《双灰山战斗》。此后又陆续写了《坚持苏中疆场》（沈西蒙词）、《刺枪歌》（孙海云词）、《别处哪儿有》（史白词）等歌曲。④

---

① 韦明：《我最崇拜的军旅作曲家沈亚威》，《铁军》2010 年第 9 期。

② 朱子铮：《在战火中冶炼——华东野战军政治部文工团成立初期》，中国人民解放军文艺史料编辑部编：《中国人民解放军文艺史料选编·解放战争时期》上册，解放军出版社，1989 年，第 346 页。

③ 朱子铮：《在战火中冶炼——华东野战军政治部文工团成立初期》，中国人民解放军文艺史料编辑部编：《中国人民解放军文艺史料选编·解放战争时期》上册，解放军出版社，1989 年，第 349 页。

④ 王薇：《沈亚威：在硝烟中磨炼在创作中成熟》，《音乐周报》，2015 年 7 月 22 日第 B08 版。

解放军暂时放弃苏北地区，撤退到山东时，文工团随部队撤到山东，在山东活动了两年。1947 年 1 月华中野战军与山东野战军整编为华东野战军，3 月组建了华东野战军文工团团部，沈亚威继续担任创作组组长，并担任业务委员会副主任。[①]团部成立后，将原来所属 6 个文工团、队改为第一至六队。华中野战军文工团先改称第二队，然后在 4 月与改称第一队的山东军区文工团的一个队合并，成为新的第一队，从原第一、二队抽调出 15 名团员，与第五队（原华中军区军乐队）合并成立新二队。[②]1948 年 2 月中旬，在黄河以南黄姑庵又进行了第二次整编，分为五个队，原二队改为一队，由沈亚威兼任队长，有团员 64 人。[③]春节过后，华东野战军政治部文工团奉命随华东野战军政治部开赴黄河以北之濮阳地区进行整训。在为期一个半月的三查三整运动结束后，5 月 21 日又对文工团进行了第三次整编，为下纵队工作做好了准备。因一队在河南地区外线活动，以一队留下的骨干为基础，组建了新的一队，由沈亚威任队长，所以有了"新一队"和"老一队"之称。[④]

5 月 22 日，根据华东野战军政治部的指示，文工团决定第一队下六纵、第二队下一纵、第三队下四纵，5 月 25 日各队就出发下纵队随

①② 陈虹：《华东野战军政治部文艺工作团的基本情况和经验》，中国人民解放军文艺史料编辑部编：《中国人民解放军文艺史料选编·解放战争时期》上册，解放军出版社，1989 年，第 202-203 页。

③ 陈虹：《华东野战军政治部文艺工作团的基本情况和经验》，中国人民解放军文艺史料编辑部编：《中国人民解放军文艺史料选编·解放战争时期》上册，解放军出版社，1989 年，第 204、212 页。

④ 韦明：《淮海决战前后的三野文工团一团》，中国人民解放军文艺史料编辑部编：《中国人民解放军文艺史料选编·解放战争时期》上册，解放军出版社，1989 年，第 374 页。

军参战。①第一队在六纵随军作战中，经常深入连队和战士们同吃同住同战斗，利用战斗的空隙创作和演出反映战争生活的音乐、舞蹈、戏剧等节目。②负责带领第二队下一纵随军参战的总团政委陈虹总结为："结合任务紧握枪，人人学会编导演，写画演唱四合一，抓住典型推动面，战场道旁做舞台，工农兵为新团员，总结工作是学校，文字介绍当证件。"华东野战军政治部将其在全军文艺团体普遍推广。③豫东战役之后，1948 年 8 月下旬，华东野战军政治部文工团各队相继归建，第一队随外线兵团从开封返回曲阜西南华东野战军政治部驻地，与其他各队会合。文工团总结三个月来培养战斗化工作作风和开展火线文艺工作的经验。济南战役马上开始了，开始为扩大城市宣传工作做准备。④文工团又进行了整编，老一队与新一队合并，改为一团，由沈亚威担任团长。⑤第二、四队分别改为二、三团，第三队和第五队（电影队）不变，各队直属华野政治部宣传部领导。⑥

① 陈虹：《华东野战军政治部文艺工作团的基本情况和经验》，中国人民解放军文艺史料编辑部编：《中国人民解放军文艺史料选编·解放战争时期》上册，解放军出版社，1989 年，第 214 页。

② 陈虹：《华东野战军政治部文艺工作团的基本情况和经验》，中国人民解放军文艺史料编辑部编：《中国人民解放军文艺史料选编·解放战争时期》上册，解放军出版社，1989 年，第 221—222 页。

③④ 陈虹：《华东野战军政治部文艺工作团的基本情况和经验》，中国人民解放军文艺史料编辑部编：《中国人民解放军文艺史料选编·解放战争时期》上册，解放军出版社，1989 年，第 222 页。

⑤ 韦明：《淮海决战前后的三野文工团一团》，中国人民解放军文艺史料编辑部编：《中国人民解放军文艺史料选编·解放战争时期》上册，解放军出版社，1989 年，第 375 页。

⑥ 陈虹：《华东野战军政治部文艺工作团的基本情况和经验》，中国人民解放军文艺史料编辑部编：《中国人民解放军文艺史料选编·解放战争时期》上册，解放军出版社，1989 年，第 224 页。

1948 年 11 月淮海战役打响后，文工一团随华东野战军总部从山东南下，直插陇海铁路东段。一天，文工团正准备宿营，忽然传来了紧急集合的哨声。政治部主任钟期光告诉大家，大战已经开始了，徐州以东的铁路已经被解放军切成几段，敌人正从东西两面逃跑，文工团也不能停留，要紧跟部队追上去。听到这个消息，韦明躺在门板上，激动得无法入睡，翻身伏在门板上急速写了一首歌词。写完草稿，韦明飞跑着送给沈亚威看，沈亚威将歌曲起名《乘胜追击》，并立即为歌词谱曲。沈亚威抓住夜间行军特有的低弱、短促而有力的节奏，逐步发展为千军万马急速进军的气势，谱写出了淮海战役打响后的第一首歌曲。在到达下一个宿营地时，文工一团全体成员已经学会了这首歌，并在当晚的演出中演唱。文工一团抵达碾庄外围，华东野战军正在碾庄包围着黄百韬兵团，音乐股长陈大荣当即完成了反映淮海战役的第二首歌《抢渡运河铁桥》。11 月 23 日，一个骑兵飞驰经过文工一团所驻的村庄，响亮清脆地喊着："捷报，捷报……"传来全歼黄百韬兵团的消息，沈亚威只用了两个小时，连词带曲，写出了《捷报，捷报，歼灭了黄百韬》。从此，文工一团每场演出的晚会，就形成了一组边打仗、边创作、边演出的反映淮海战役的歌曲，后来沈亚威又针对围追孙元良部的情景，选择河南民间戏曲音乐为素材，以演唱叙事式的特色、讽刺嘲笑的风格，创作了一首《狠狠地打》。这支歌在发起总攻前，传遍了各个阵地，极受战士们欢迎。[①]在整个淮海战役中，文工一团共创作了二三十首歌曲，涵盖了从进军、追击、包围、胜利的全过程，后来挑选了八首歌曲，组成了《淮海战役组歌》，唱到了上海、南京、北平，传遍了全国。[②]

---

①② 韦明：《淮海决战前后的三野文工团一团》，中国人民解放军文艺史料编辑部编：《中国人民解放军文艺史料选编·解放战争时期》上册，解放军出版社，1989 年，第 377 页。

1949 年 6 月青年团中央计划从西北区参加第一次文代会的文艺代表
中选出的 2 人，最终确定为陇东文工团团长黄俊耀和陕甘宁文协创作组
的王琳。

　　黄俊耀是戏曲作家，1917 年出生于陕西澄城县一个贫苦的农民家
庭。他姐夫党升云是旧戏班主，黄俊耀少年时代住在姐夫家里，常跟
着姐夫去自乐班听戏，不仅喜欢上了戏曲，还学会了许多眉户曲调，
中学时代又学会了拉秦腔板胡。1932 年加入中国共产主义青年团，
1937 年参加革命工作，被党组织派到西北青年救国联合会、平津流亡
学生演剧队搞抗日宣传工作。1939 年从战时青年训练班调到陕甘宁边
区民众剧团。

　　民众剧团是 1938 年 7 月 4 日在毛泽东的倡议下，由当时延安的著名
文艺活动家、诗人柯仲平组建的，在陕甘宁边区影响很大。民众剧团在
鄜县演出时，县委会赠送一面红旗，上面写的"大众艺术野战兵团"八
个大字其实是柯仲平自己亲笔写的，也反映了他的雄心壮志。民众剧团
演出的舞台上也常挂着一副马健翎写的对联，上联是："有头有尾合情
合理"，下联是"又说又唱红火热闹"。①

　　因黄俊耀等人是青年训练班来的，所以剧团让他们做青年工作，也
当演员。黄俊耀在眉户老艺人李卜的教导下，很快成为民众剧团的文艺
骨干。②黄俊耀还利用业余时间编剧本，1943 年创作了《神神打架》，
演出后收到很好的效果，此后创作改编了许多现代戏和传统戏。1944 年
在眉户现代戏《大家喜欢》中成功扮演王三宝，因此荣获陕甘宁边区文

---

　　① 侯唯动：《柯仲平领导边区民众剧团》，《新文学史料》1983 年第 1 期。

　　② 黄河：《生活耀光采——记剧作家黄俊耀》，《剧本》1980 年 11 期；雷烽：《从陕甘
宁边区民众剧团到一野政治部文工团》，中国人民解放军文艺史料编辑部编：《中国人民解放
军文艺史料选编·解放战争时期》上册，解放军出版社，1989 年，第 44 页。

教大会二等文教英雄奖状，并获得全国第一届戏曲观摩演出大会演员二等奖。抽调黄俊耀参加出国文工团，主要是让他参加演出眉户小喜剧《十二把镰刀》。①

解放战争爆发后，一纵队、二纵队和新四旅、教导旅相继调往陕甘宁边区保卫延安，民众剧团即去这些部队进行宣传慰问演出。1947年3月胡宗南进攻延安，民众剧团首先撤到延安真武洞一带，然后分为两部分，剧团的老弱妇孺由马健翎率领过黄河，进行休整训练，培养新生力量，年轻力壮的由雷烽、党奎带领到前线去，动员群众坚壁清野，支援战争，夺取战争的胜利。雷烽、黄俊耀等约80人留在边区，4月份在西北野战军总部集体入伍参军。西北野战军政治部宣传队成立，雷烽任队长。当西北野战军改称第一野战军时，宣传队也改为第一野战军政治部文工团。西安解放后，一野政治部文工团进入西安，在那里停留了一个月，吸收了一批青年学生。6月底离开西安西进，来到甘肃的平凉、静宁，最后到了定西。文工团原本打算参加解放兰州战役，因在静宁乘车翻越华岭时发生车祸，兰州解放的第二天才到兰州。文工团参加了兰州入城式，打着腰鼓，扭着秧歌，在街头广场宣传演出，晚上为兰州各界演出《血泪仇》和《穷人恨》。

王琳，笔名黎璐，1917年生于云南石屏，早年毕业于东陆大学，后来到北平考入中国大学学习英语。1941年毕业后奔赴延安，在中华文艺界抗敌协会延安分会担任翻译，也在《解放日报》和"文抗"机关刊物《谷雨》上发表翻译小说和散文。她翻译的契诃夫的小说《套子里的人》，被延安鲁艺文学系作为选读教材。1942年在延安与著名诗人柯仲平结婚。

---

① 黄河：《生活耀光采——记剧作家黄俊耀》，《剧本》1980年11期。

王琳也在西北文艺工作团当过演员，在新秧歌运动中，王琳创作了秧歌剧《模范妯娌》，1947 年在延安上演，轰动一时。后来王琳在陕甘宁边区文协创作组任创作员。[①]

　　来自山东局宣传部人民剧团的艾洪力为辽宁大连人，读过初中，擅长饰演三癞子这类的角色。[②]人民剧团后来隶属山东省文联。[③]

———————————

① 龙符：《忆柯仲平夫人王琳》，《文艺报》2006 年 2 月 20 日。

② 苗禾、卢嘉毅、孙鹏飞、刘建芳：《段时俊访谈录》，《当代电影》2011 年第 5 期。

③《山东大学档案馆藏华东大学文艺系、山东大学艺术系学员名单（1950 年学员登记摘要，50-2-19）》，《艺术学研究》2012 年第 4 期。

第四章　准备

　　由于文工团在中国民主青年代表团中相对独立，所以在文工团正式组成后，确定由李伯钊任团长兼党支部书记，周巍峙为副书记，吴雪任秘书长，周巍峙、丁里、舒强、张水华、李焕之、任虹、金紫光等人为团委。也像中国民主青年代表团一样，在团委之下设各办事组，丁里为设计组组长，舒强为节目组组长兼戏剧组组长，任虹为音乐组组长，沈贤为秘书组组长，罗伯忠为总务组组长。[①]李伯钊并担任中国青年代表团团委，整个中国民主青年代表团以廖承志为团长，萧华、韩天石为副团长，陈家康为秘书长。

　　至于文工团在第二届世界青年与学生联欢节上所要表演的节目，1949年6月1日中央青委提出的计划是，在歌唱方面，分为合唱和独唱，歌曲可以选择《黄河大合唱》和其他歌曲；在舞蹈方面，考虑包括秧歌舞、七音腰鼓和霸王鞭；在音乐演奏方面，考虑安排笙、琴独奏和民间艺人表演；在戏剧方面，考虑安排革命京剧《打渔杀家》和其他独幕戏剧；在武术表演方面，可以表演十八般武术。由各文工团体联席会议推选委员，组成专门的筹备委员会，负责选定节目。[②]

　　出国前，出国文工团预定的演出任务是，除在特定的"中国日"要

---

　　① 《出席世界青年与学生节代表团名单》，1949年7月15日，中央档案馆。团委人员名单来自《新中国派出的第一个出访艺术团》，《中外文化交流》1992年第1期。

　　② 中央青委：《关于出席世界第二届青年节和全世界第二届青年代表大会的计划》，1949年6月1日，中央档案馆，Z241-1-55-1。

表演的节目外，准备做两次室内演出，每次两小时，及一次室外演出，为时 30 分钟，均表演具有中国民族特色的秧歌剧、舞蹈以及中国民族管弦音乐、合唱和其他民间艺术。①

青年团中央委员会在北平找好房屋，通过中央广播事业管理处将出国文工团成员从各文艺团体中调出，集中起来进行节目排演。②丁帆回忆，很快就集中到北平东城古观象台附近的小羊毛胡同驻地排练节目。③华大文工团进入北平后，自 3 月 25 日起在国民剧院演出《白毛女》，到 5 月底连演了 36 场后停演，接到中央的批示，参加出国文工团，于是转入准备出国演出节目。④朱奇说她是 6 月份被调到小羊毛胡同集中的，⑤而舒铁民说他是 7 月份才被调去参加出国文工团的。⑥由此可见，成员是陆续集中起来的。

按照计划，由各文工团体联席会议推选委员，组成了专门的筹备委员会，负责节目的选定和排练。⑦党中央对这次出国访问和文艺演出活动非常重视，中央领导曾亲自审查参赛节目。⑧舒铁民有记日记的习惯，他记录的第一次审查节目的日子是 7 月 14 日，出国文工团一边彩排初步选定的节目，一边让领导和文艺专家审查，初步确定的节目有王昆和郭

① 《出席世界青年节及世界青年大会我代表人选业已推定 即将携带大批展览图表及礼物启程赴匈》，《人民日报》，1949 年 7 月 16 日。

② 《中国新民主主义青年团中央委员会致中央广播事业管理处冯文彬函》，中央档案馆。

③ 丁帆：《群星闪耀的集体——忆华北联大文工团》，《党史纵横》1993 年第 4 期。

④ 孟于：《一路前行一路歌：孟于回忆录》，湖南文艺出版社，2012 年，第 76—77 页。

⑤ 朱奇访谈录。

⑥ 舒铁民访谈录。

⑦ 中央青委：《关于出席世界第二届青年节和全世界第二届青年代表大会的计划》，1949 年 6 月 1 日，中央档案馆，Z241-1-55-1。

⑧ 李晓丹：《世界青年联欢节：乘着"和平与友谊"的翅膀》，《音乐生活》2006 年第 11 期。

兰英的独唱，还有合唱《咱们工人有力量》，秧歌剧选了《兄妹开荒》和《十二把镰刀》。①大家都认为节目选得很好，表演水平也很高，只有陈伯达对《十二把镰刀》有不同看法，觉得别的国家农业生产已经用机器了，我们演《十二把镰刀》，岂不是宣传落后？对于演员的服装，陈伯达也觉得太过华丽。李伯钊等人觉得很委屈，第二天就去请示毛泽东主席。李伯钊说："节目是团中央定的，要求反映新中国革命斗争实际，反映毛泽东文艺为工农兵服务的方向。《十二把镰刀》是反映陕北革命根据地农民热心生产，用熊熊的炉火一夜打出 12 把镰刀支援春耕生产的情景，具有充沛的劳动热情和浓厚的乡土气息，反映了解放后农民群众崭新的精神面貌和思想情绪，这有什么不好呢？"毛泽东支持李伯钊的看法。②对于演员服装，毛泽东也觉得华丽一点没有什么不好，周恩来还提醒李伯钊为跳腰鼓舞的演员做一套陕北农民的印花衣服。③《十二把镰刀》被保留下来，但此后节目也不断有调整。丁帆说，当时排练的节目主要有《胜利腰鼓》《胜利大秧歌》《牛永贵负伤》《光荣灯》和舞蹈《牧马舞》，以及独唱《翻身道情》《妇女自由歌》等，节目最后是由中央领导亲自审查通过的。④前民在布达佩斯参加过《牛永贵负伤》的演出，他回忆说，这个节目定得较晚，所以出国前没有来得及排演，只是确定由了解前方战斗生活的丁里担任导演，于夫演牛永贵，前民演赵守义，于真演赵守义的妻子，邓止怡演日本军官。后来在去西伯利亚的火车上才开始排练，为了能让外国人看了容易懂，他们还对剧本做了大量删减和改动。

在准备出国的过程中，上级还拨款为包括文工团成员在内的所有中

---

① 舒铁民访谈录。

② 丁艾：《李伯钊：坎坷历程，丰硕一生》，《神州》2005 年第 4 期。

③ 丁艾：《李伯钊戏剧生涯二三事》，《四川戏剧》1991 年第 4 期。

④ 丁帆：《群星闪耀的集体——忆华北联大文工团》，《党史纵横》1993 年第 4 期。

国民主青年代表团成员定做了服装。孟于回忆说，给代表团的男同志每人发了一套毛料的中山装、两件衬衫，给女同志每人发了一套毛料的西装、两件旗袍。①服装费约折合人民币500万元（旧币），还为文工团的演员定做了表演服装（含旗帜在内，并包括礼物），又约折合人民币300万元（旧币），加上国内和国际旅费，代表团约需经费100万卢布加上1300万人民币（旧币），另外还需要大约100万美金作为预备金。②这还是当时按100人规模计算的，后来随着人数的增多，各项费用也会相应增加，在新中国成立前也是一笔不小的开支。7月10日，周恩来和陈云还致电李富春，请他与苏联方面商量，希望苏联同意在东北贸易款项内拨出150万卢布作为中国民主青年代表团在苏联境内的生活费，而所带的美金作为在东欧期间的生活费，以节省美金支出。③

中国青年代表团设计了自己的徽章，上面写着"中国民主青年代表团"，图案是"凤凰涅槃"。因为还没有国旗，就用八一军旗代替。中国民主青年代表团还准备了两个绣像，绣的是毛泽东和朱德的像。而且，由于中华人民共和国还没有正式宣布成立，包括出国文工团在内的中国民主青年代表团所有成员出国拿的护照还是中华民国的，由北平市长叶剑英签发，签发日期是1949年7月15日。

中国民主青年代表团原计划7月10日以前出国，④但因各项准备工作来不及，又推迟了十多天。孟于说，从5月份接到通知，到7月份出发，

① 孟于：《一路前行一路歌——孟于回忆录》，第77页。
② 中央青委：《关于出席世界第二届青年节和全世界第二届青年代表大会的计划》，1949年6月1日，中央档案馆，Z241-1-55-1.
③《关于中国民主青年代表团出访问题的电报和信》，中共中央文献研究室、中央档案馆编：《建国以来周恩来文稿》一，中央文献出版社，2008年，第106页。
④《中国新民主主义青年团中央委员会致中央广播事业管理处冯文彬函》，中央档案馆。

出国文工团从筹建、选调演员、排练到出发只有不到两个月的时间。[1]舒铁民说出国文工团实际排练节目的时间只有 20 来天，时间很仓促，准备工作安排得十分紧凑，一天分三四班排练。尽管如此，到出国时节目仍很不成熟。在准备过程中，7 月中旬王铁锤和王小寿还参加了在国民大戏院举行的一场文艺晚会，二人表演了河北民间乐曲《放驴》，浓郁的农村生活气息，欢快热烈的节奏，受到全场热烈欢迎。毛主席身边的工作人员向毛主席介绍说："台上胖的、吹管子的叫铁锤，瘦的、吹唢呐的叫小寿。"毛主席说："叫铁锤好呀！瘦的就叫镰刀吧。铁锤、镰刀是党旗上的符号，好呀！好！好！"

出国前，党中央为代表团定了十条纪律，并不断进行政治纪律教育。一开始部分成员还有一些自由主义思想倾向，对纪律有些抵触情绪，但最后得到了克服。7 月 19 日，毛泽东主席还亲自接见了出国文工团全体成员。冯绍宗回忆说，出国文工团成员几十人到了中南海，因中央领导正在开军事会议，就坐在礼堂里面等，从晚上七点一直等到夜里三点，中间饿了还给他们上了点心。大家都困呀！正困得迷迷糊糊的时候，电灯突然亮了，毛泽东来了，刘少奇来了，朱德来了，贺龙来了，萧华和李伯钊那一批人也都来了，出国文工团成员兴奋起来，鼓掌欢呼呀！李伯钊拿着出国文工团的名单一个一个地介绍。当介绍到范景宇时，他一站起来，毛主席就说："这是胡四，你演胡四。"因为范景宇在延安演出《日出》时在剧里扮演过胡四，虽然过去好几年了，毛主席还能把他认出来。[2]在介绍王铁锤和王小寿时，李伯钊说那个胖子、吹管子的叫铁锤，毛主席又风趣地说：胖子叫铁锤，瘦的叫镰刀吧。[3]

---

① 孟于：《一路前行一路歌——孟于回忆录》，第 78 页。

② 冯绍宗访谈录。

③ 王铁锤访谈录。

接着，毛泽东对大家说，全国解放已为时不远，不久中华人民共和国将正式成立，出去要宣传中国革命的伟大胜利，要加深和各国青年的友谊，要向苏联学习。[①]舒铁民回忆说，当时毛泽东还说，"你们要出去，要丢掉中国人'东亚病夫'的帽子，表现得很健康。"当时朱德、周恩来、周扬等人在座，周恩来和中央宣传部部长陆定一向代表团也作了指示，勉励大家向其他国家，特别是苏联代表们学习，以国际主义的精神，与72个国家的青年代表团结一致，共同争取世界和平与人民民主。此外，周恩来还说了一些鼓励大家的话："你们出去要丢掉封建，不要见着外国人都害羞，要活分一些。"孟于说，周恩来还叮嘱李伯钊团长，让大家去吃一次西餐，学会怎样使用刀叉等餐具，还说女同志的西装裙长度要在膝盖下二寸。大家听了都十分感动，感到周副主席在新中国成立前夕、在百忙之中对出国文工团仍是关心备至啊！

出国前大家还听了许多报告，冯文彬曾代表青年团中央就出国任务提出四点要求：一是宣传自己（主要是宣传毛泽东思想），二是学习别人，三是建立联系，四是交流经验。青年团中央委员钱俊瑞、陈家康报告了世界各国青年运动和活动情况，以增进代表团成员对世界青年的了解和认识。[②]

中国民主青年代表团决定7月22日从北平启程。7月21日上午12时，全国文代会主席郭沫若，副主席茅盾、周扬及各代表团团长，代表文代会全体代表，在新陆春饭店设宴招待出国文工团，廖承志、陈家康、李伯钊等60余人出席。茅盾代表文代会预祝出国青年文工团胜利和成功，希望他们不仅代表中国青年，同时也代表中国文艺队伍，把全国第一次

---

① 《新中国派出的第一个出访艺术团》，《中外文化交流》1992年第1期。
② 《中国民主青年代表团　今日首途出发　行前毛主席曾亲自接见全体团员》，《人民日报》1949年7月22日。

文代会的精神带到国外去，把中国好的作品带去供各国观摩，并把各国好的东西带回来。李伯钊代表出国文工团致答词，她说此次出国一定本着文代会的方针和精神，努力以行动加实践，决不辜负文代会全体代表们的关怀。①

7月21日下午5时，青年团中央委员会又在御河桥二号为中国民主青年代表团举行欢送会。周恩来副主席和全国总工会的李立三、华北局的薄一波，以及北平市副市长张友渔、中共中央统战部副部长徐冰、北京市总工会筹委会萧明、市妇委张秀岩和张晓梅、市青委许立群和杨伯箴等也作为来宾出席了欢送会。②

---

① 《出席世界青年大会及青年节 青年文工团今出国 文代大会设宴欢送》，《人民日报》，1949年7月22日。

② 《青年团中委会 欢送出国青年代表团 周副主席等均往参加》，《人民日报》，1949年7月22日。

第五章　旅途

　　1949 年 7 月 22 日晚，出席第二次世界民主青年代表大会和第二届世界民主青年联欢节的中国民主青年代表团由副团长萧华和韩天石率领，从北平（北京）乘专列启程。团长廖承志及陈克寒、刘善本、吕黎平四人不参加世界青年联欢节的表演，推迟至 8 月 10 日动身。[①]

　　中共中央办公厅主任杨尚昆，中共中央华北局宣传部部长周扬、中共北平市委会代表李洛光，青年团中央委员会代表冯文彬、蒋南翔、荣高棠，以及青年团北平市筹委会代表许立群，全国文联代表郭沫若、茅盾、沙可夫、萧三、柯仲平，还有中华全国民主青年联合总会、中华全国学联等团体和青年工人、学生代表近千人，到火车站欢送。[②]

　　7 月 22 日晚上七点，中国民主青年代表团全体成员整队进站，军乐队奏进行曲，送行的人群发出阵阵欢呼声。参加暑期青年学习团及暑期大中学生学习团的青年学生向代表团的各位成员献花。北平市青年代表高声朗读了他们的献词："我们预祝你们胜利和成功，希望你们把中国

---

　　① 《关于中国民主青年代表团出访问题的电报和信》，中共中央文献研究室、中央档案馆编：《建国以来周恩来文稿》一，中央文献出版社，2008 年，第 107 页。此后因北宁路交通中断，廖承志和陈克寒迟迟未能启程，8 月 24 日周恩来致电王稼祥，说明廖承志等人可能取消出国计划，请即送另外两名代表陈龙祥和江怡去布达佩斯参加世界青联第二次代表大会。廖承志和陈克寒没有去布达佩斯，中国代表团实际上以萧华代理团长一职。

　　② 《中国民主青年代表团　今日首次出发　行前毛主席曾亲自接见全体团员》，《人民日报》，1949 年 7 月 22 日；《民主青年代表团昨离平出国　各界代表千余人热烈欢送　杨尚昆、郭沫若等亲往车站送行》，《人民日报》1949 年 7 月 23 日。

人民和中国青年奋勇奋斗的事迹告诉外国人民。把中国人民的深厚友谊带给外国人民，同时希望你们虚心向世界各国民主青年，尤其是向苏联和东欧新民主主义国家青年学习，在国际主义精神的照耀下和各国青年代表团结一致，为争取全世界青年光明幸福的生活，为争取世界持久和平与人民民主而努力！"

萧华在热烈的掌声中致辞，他说："这次出国青年代表团的阵营比以前任何一次都要强大，这表示在中国革命的新形势下，中国青年的队伍越来越壮大，越来越团结，表示着世界民主青年阵营和世界人民的新胜利。"①前来欢送的各界代表和青年学生高呼"把中国人民的友谊带到国外去！""世界民主青年团结万岁！""全世界人民团结起来，争取持久和平、人民民主！"等口号，气氛十分热烈。

最后，代表团的队伍由雄壮的军乐作先导，在车站上绕场一周，向欢送的各界代表和青年学生道别。代表团成员个个都十分兴奋，"在他们欢愉的面孔上，可以充分地看出新中国的力量"。②

晚8点10分，代表团整队登上"五一"号火车车厢，欢送的工人和学生亲切地握着他们的手，依依不舍。晚8点20分，列车在最后的一次汽笛声中缓缓开动，离开了北平。舒铁民还记得，那天晚上挺黑的，经过天津，第二天晚上到沈阳。李富春接待并宴请了代表团全体成员。

然后继续北上，萧华一路上给大家讲他的故事，到了长春就讲解放军围长春而不打的故事。舒铁民说，很多人都跟他一样，以前没有坐过火车，尽走路，这次不仅坐了火车，还有卧铺，能躺能睡，大家都很兴奋，

---

①② 《民主青年代表团昨离平出国 各界代表千余人热烈欢送 杨尚昆、郭沫若等亲往车站送行》，《人民日报》，1949年7月23日。

感觉就是享受胜利的果实。①

7月25日，代表团抵达哈尔滨。按照预定计划，在哈尔滨停留数日办理出国手续。文工团通知说，因为节目准备得还不够，在哈尔滨休息两天，继续排练。在哈尔滨停留期间，7月26日晚上，哈尔滨市为代表团举行了一个两三万人参加的欢迎大会，饶斌市长在欢迎会上发表讲话。他说，经常有出国的代表团经过哈尔滨，代表团的人数一次比一次多，这次的代表团人数是最多的，也象征着中国局势的发展。他希望大家出国后能学习别国的建国经验，尤其强调要向苏联学习。并说哈尔滨将与苏联加深友谊、亲密合作，把生产建设搞上去，同时要防止坏人搞破坏，做好这些工作，以迎接代表团顺利地回来。萧华在答谢时说，全世界的民主青年，为了世界持久的和平而斗争，我们也是在这个口号下开展工作的。关世雄也说，各界对我们如此热烈欢迎，深深地感到我们所担负的任务重大，我们要把中国青年英勇斗争的事迹告诉全世界的青年们。

7月26日，代表团副团长韩天石主持召开党、团员大会，对党、团员们提出四条要求：第一条，在思想上要认识到我们每一分子都是代表中国人民的，所以在对外联系时应当特别注意；第二条，代表团成员来自四面八方，要互相团结，加强组织纪律，党、团员要起模范带头作用；第三条，在整个行程中，要坚持政治学习，学习毛主席的《论人民民主专政》；第四条，党、团员要好好地团结非党群众。其实代表团绝大多数成员都是党、团员，都是解放区文艺领导干部或者文艺团体的骨干。

代表团和文工团还在哈尔滨与苏军举行了一次联欢晚会。苏军（包括中长铁路的）表演了管弦乐和舞蹈，出国文工团表演了秧歌舞。虽然苏军的演员都是业余的，但水平也很高，不比文工团表演得差。苏联领

----

① 舒铁民访谈录。

事也在场，还说他们保证苏联青年会欢迎和欢送我们的。

7月27日，代表团就又登上火车，离开哈尔滨，7月28日到了中苏边界城市满洲里。代表团从这里出境，改乘苏联火车，然后经莫斯科转赴匈牙利首都布达佩斯。因苏联铁路的轨距跟中国不一样，出境时要换轨，这让大家印象深刻。代表团改乘苏联方面派来的专列，苏联共青团中央派人来接待中国代表团，虽然言语不通，但他们热情活泼、服务周到。

苏联的火车比中国的火车更高级，还有抽水马桶，很多人以前都没见到过，不知道怎么用，最后站在马桶盖上，把那个盖弄得很脏。[1]火车上供应的食物多是生的、冷的，大家都有些不习惯。在火车上还发生了一些小插曲。在穿越西伯利亚的七八天中，因损坏物件，整个中国民主青年代表团赔偿了1600卢布。[2]孟于回忆说，他们由于是第一次出国，还出了一回洋相。到了赤塔，住在一个较大的旅馆里，伙食也很丰富，后来还发每人两块大的巧克力，但大家也不知道该不该拿。问了秘书长，他说："我们已经付钱了，那就拿吧。"结果回去以后萧华批评大家说："你们怎么把巧克力拿回来了？"听他说完，大家才知道巧克力要单独算钱，而且价格很贵，他们这一次吃掉了不少伙食费。[3]

虽然是漫长的旅程，但是大家对西伯利亚，尤其是贝加尔湖的美景印象深刻。黄晓棻说，一过贝加尔湖，就想起那是苏武牧羊的地方，曾经是我们国家的。贝加尔湖的风景真好看！湖上不能过去，就绕着湖走，

---

① 舒铁民访谈录。

② 《出席青年节代表团的情形》，1949年8月22日，中央档案馆。一说为1700卢布，参见《关于国际青年节工作的总结——萧华同志在八月三十一日全团大会上的报告》，中央档案馆。

③ 孟于：《一路前行一路歌——孟于回忆录》，北京回忆久久文化传媒有限公司，2012年，第79页。

一整天都在围着湖转。

8月5日下午3时，中国民主青年代表团到达莫斯科。当他们在莫斯科车站走下火车时，受到千余人的欢迎，萧华代表中国民主青年代表团在车站发表了讲话。这是过去所没有的。在代表团抵达莫斯科之前，7月30日周恩来致电当时在莫斯科访问的刘少奇、高岗和王稼祥，请王稼祥在代表团抵达莫斯科后约代表团负责人萧华、韩天石和陈家康三人一谈，告诉他们注意事项，并帮助解决一些代表团需要解决的问题。[①]中国代表团各位成员的积极性都很高，总的来说也是团结的，给人以严肃、整齐、大方的印象。[②]中国民主青年代表团在莫斯科住了一天，举行了苏联记者招待会，莫斯科的男女老少都知道中国共产党胜利了，知道毛主席。在街道上，人们只要见到中国民主青年代表团，就伸着大拇指头叫"毛泽东"。[③]莫斯科举行反法西斯大会，也邀请中国代表团派人到会作演讲。

孟于说文工团在莫斯科又将节目加工排练了一周，还邀请苏联专家来观看，请他们提意见。当时，法捷耶夫、西蒙诺夫这些很有名的作家都来看了中国文工团的节目，提出了宝贵的意见，也给了中国文工团的节目很好的评价，并称赞说"你们是胜利的中国人民的使者"。[④]但实际上中国代表团在莫斯科停留的时间很短，排练一周的记忆显然有误。但文工团毕竟在莫斯科度过了两个晚上，是否请苏联专家来观看过排练，还没有找到其他的证据。

---

① 《联络组第二次会议》，1949年8月7日，中央档案馆。

②③ 《出席青年节代表团的情形》，1949年8月22日，中央档案馆。

④ 孟于：《一路前行一路歌——孟于回忆录》，北京回忆久久文化传媒有限公司，2012年，第79页。

由于各办事机构分工尚不十分明确，各项制度亦尚未建立起来，代表团成员又多尚不习惯有原则、有纪律的组织生活，在莫斯科逗留期间也出现了一些问题。到莫斯科的第一天，宣布最好不要出去，但很多成员还是跑出去了，还发生了丢钱、丢钢笔被弄到公安局去的事情。集体活动的时候，一些成员也不够遵守时间，行动不快、不准，更不静，不断喧哗。①代表团联络组的陈模后来在8月7日代表团联络组第二次会议上说，在莫斯科的一天为无组织、无纪律的集中表现，为中国民主青年代表团自出国以来所遇到的最严重的问题。②

8月6日，中国代表团在莫斯科向国内青年发出了广播词。接着，就与蒙古国和朝鲜代表团会合，一起乘火车离开莫斯科，前往匈牙利。舒铁民还记得，他们这次乘坐的苏联火车很漂亮，是"二战"后德国赔偿给苏联的。③中国、朝鲜和蒙古国三国代表团在火车上进行了交流，还一起演唱歌曲。代表团和文工团各组还根据团委的要求，在火车上召开会议，讨论纠正代表团在莫斯科期间出现的许多问题，大家都做了个人生活检讨，并针对代表团生活和纪律问题提出许多意见。④

列车经过乌克兰，8月9日清晨抵达苏、匈边境，通关后，换乘匈牙利准备的座席列车。匈牙利和苏联的铁路轨距也不相同，到了匈牙利又换成了窄轨。舒铁民至今仍记得匈牙利的火车上没有卧铺车厢，他想，大概是因为匈牙利国家比较小，也不需要吧。⑤一进入匈牙利境内，就感受到了节日的气氛，到处是鲜花、彩旗，列车每经过一站，无论停还是不停，站台上都有许多欢迎的人群，身着鲜艳的民族服装，在欢快的民族音乐

---

① 《出席青年节代表团的情形》，1949年8月22日，中央档案馆。
②④ 《联络组第二次会议》，1949年8月7日，中央档案馆。
③⑤ 舒铁民访谈录。

声中，手捧鲜花、糖果、水果等前来欢迎。[①]

8月9日下午，中国、苏联、朝鲜和蒙古国代表团同车抵达布达佩斯火车站。除苏联外，东道主匈牙利和世界青联把中国放在第二位，组织了盛大的欢迎仪式。[②]当萧华带领中国代表团成员走下车厢时，立即受到匈牙利青年的热烈欢迎。一时间，鼓号齐鸣，口号声不绝于耳。匈牙利青年都穿着鲜艳的民族服装，手捧鲜花、糖果、水果，还按照匈牙利习俗准备了面包加盐前来迎接。匈牙利接待组负责人是匈牙利青年团布达佩斯市布达区委书记，接待组成员与中国代表团成员互相拥抱致意，交换纪念品，布达区委书记和世界学联代表致欢迎词，萧华也发表了演讲。接着，匈牙利青年跳起了民族舞蹈马扎尔，中国文工团的女演员们也应邀相伴起舞，整个车站沉浸在欢乐、友好的气氛中。[③]

整个欢迎仪式持续了大约半个小时，然后中国代表团在匈牙利接待组工作人员的陪同下，离开车站，乘坐几辆大巴士，驶过布达佩斯的繁华街道，跨越多瑙河上的"链子桥"。多瑙河很漂亮，由北向南穿城而过，西岸山区称"布达"，东岸平原称"佩斯"，曾经是两个独立的城市。多瑙河上桥很多，但是很多桥梁连同市内很多古老的哥特式建筑在第二次世界大战中被毁，这时有的修好了，有的还没有修好。来到位于布达佩斯市区东南角的匈牙利理工学院校园，中国代表团的驻地就被安排在这里。[④]这所大学设备良好，接待人员都是大学生志愿者，但是他们不会讲中文，除了马扎尔语外，只会讲英语。

---

① 舒铁民：《新中国成立前夕中国青年文工团的出访》，《传承》2010年第31期。

② 《出席青年节代表团的情形》，1949年8月22日，中央档案馆。

③④ 梁畔：《回眸各国青年在多瑙河畔的友好聚会》，共青团中央国际联络部编：《布达佩斯的回忆》，第144页。

8月10日上午，中国代表团副团长兼秘书长陈家康主持召开了全团大会，萧华和陈家康都强调了政治和纪律问题，区棠亮报告了这次青年节的筹备情况，克力更讲了生活注意事项。①萧华在讲话中说，我们经过十几天的行军，现在到了战场了，象征着我们的战斗就要开始了，我们要打好这一仗，就必须要牢记两个法宝，第一是在政治上不犯错误，这是根本；第二是搞好内部团结，严格遵守纪律，在组织上保持一致，否则就会犯错误。

为了让大家不犯政治错误，萧华分析了各国代表团的情况。这次参加的有七八十个国家的代表团，情况比较复杂，已经了解到法国代表团可能会在大会上提出与苏联等国不同的政治纲领和口号，中国代表团需要有所警惕。如果讨论到马歇尔计划、德国问题、社会主义问题，中国代表团不要先发言，可以先做准备，必要时再把我们这个砝码放出去。中国代表团要与苏联代表团多联系，在宣传中国革命胜利的同时，也要将苏联放在适当的位置上，强调苏联是世界革命的领导者。对于苏联以外的新民主主义国家，最好不要有斗争。如果与他们的代表有不同意见，可以下来交换，因为各国代表的发言都是通过他们组织的。对于小国的代表团也要多联系，给予尊重。对于英美帝国主义要坚决反对，但是也要尊重他们的民主情况。对"铁托分子"也要坚决反对，苏联很怕中国会变成南斯拉夫，所以与南斯拉夫代表团接触时要谨慎，不要随意收他们的东西。

最后，萧华强调来参加世界民主青年节是一次群众活动，中国代表团也只做公开的群众活动，不做其他的外交和军事活动。中国代表团对外说话要一致，不能说就不说，能说的就可以向全世界公开。所有事情

---

① 《中国民主青年代表团办公室日志（1949年8月，布达佩斯）》，中央档案馆。

事前要请示，事后要报告，个人不得接见记者，接见记者必须通过团部，对英、美、法、德、意等国的记者一概不接受采访。除一些活动需要外，个人也不得私下接触他国代表团成员。中国代表团公开提出不要私交。外出参观也要以小组为单位，要遵守时间，互相帮助，互相监督，不要出岔子。陈家康进一步解释说，禁止私交，并不是共产党太残酷，不讲一点友情，我们的友情应该是人民的，不是个人的。他还针对中国代表团在莫斯科出现的问题，要求大家严守纪律，遵守时间，爱护公物，特别强调要爱护驻地所在的大学。自出国以来，中国代表团已因损坏公物赔偿了 1700 多卢布。会后，中国代表团全体成员与匈牙利接待组工作人员见面，陈家康向匈牙利接待组介绍了中国代表团的情况。

当时团委决定，团委的核心工作是保证世界青年节的各种节目演出。8 月 10 日，李伯钊代表文工团去接洽节目演出事宜。8 月 10 日晚上 10 点 20 分，李伯钊在团委扩大会议上报告了接洽经过。经团委扩大会议讨论通过后形成决议，决定文艺表演和竞赛由文工团负责，重要事项须与陈家康商议；对外联络和接见记者工作由萧华、陈家康负总责，具体工作由代表团联络组组长区棠亮负责。虽然文工团内也有自己的联络机构，但是文工团的对外联络亦须报告代表团联络组。[①]这次团委扩大会议还要求各部门在 8 月 11 日早晨用书面形式向团委会提交工作计划，[②]所以各组在 8 月 11 日一早即召开会议，制订工作计划。

8 月 11 日上午，陈家康代表中国代表团正式向世界民主青年联欢节筹备会报到，[③]留在驻地的中国代表团成员则召开大会，邀请匈牙利接待组主任介绍匈牙利及布达佩斯的情况。[④]文工团也在继续联络节目演出事宜，初步确定的计划是，要单独举办三场晚会，8 月 15 日在歌剧院，

---

①②③《中国民主青年代表团办公室日志（1949 年 8 月，布达佩斯）》，中央档案馆。

④ 梁畔：《回眸各国青年在多瑙河畔的友好聚会》，共青团中央国际联络部编：《布达佩斯的回忆》，第 145 页。

8 月 25 日在都市剧院，8 月 27 日在歌剧院。另外，白天要与其他国家共同进行露天表演，中国文工团表演大秧歌 30 分钟。筹备会要求中国文工团多演，但是中国代表团态度比较谨慎，只答应视情况而定，好的可以多演。①

8 月 12 日中国代表团又召开大会，由吴雪介绍各国代表团的政治情况。吴雪说，最近听说英国学生会提出要退出世界学联，法国学联现在也与世界学联断绝了联系，但情况比英国好一些。东南亚、印度的情况整体很好，但越南的情况还不太了解。美国来的可能不到一百人，他们国内的政治情况不好，但他们驻学联的代表倒是很进步的。以色列来了五六十人，主要来自一个共产主义青年团，其中有个共产主义青年团的书记。吴雪还特别提到，有一个加拿大的人要特别注意，他想了解中国的军事情况，如飞机是怎样的，等等。中国代表团由专人与各国代表团联络，尤其是对殖民地的代表，要有人接触，去鼓励他们进行斗争，但这些工作不是大家都来做，要严格执行纪律，警惕犯错误。当时还有一批中国留英学生征得世界学联的同意，要来布达佩斯，还有一些在瑞士、法国、意大利的中国留学生也要来。吴雪提出，这些中国留学生来了之后，中国代表团可以统统收下，在生活上给予照顾，但也要对他们进行一些政治教育，争取他们，但也是由专人来做这些工作，其他人不允许私下接触。

距离 8 月 14 日第二届世界青年与学生联欢节开幕还有一段时间，中国代表团主要是休整。当其他国家代表团抵达布达佩斯时，中国代表团

---

① 《联络组第四次会议》，1949 年 8 月 11 日，中央档案馆。

也派代表去车站迎接，前往的多是代表团的正式代表，有时也有文工团成员参加。如 8 月 13 日中午 12 时，斯琴塔日哈即与关世雄、陈模、陈定民、彭子冈等七人代表中国代表团到车站欢迎意大利、印尼、比利时、越南等国代表团。①

---

① 《中国民主青年代表团办公室日志（1949 年 8 月，布达佩斯）》，中央档案馆。

第六章 演出

　　第二届世界民主青年与学生联欢节开幕式定于 8 月 14 日下午举行。在开幕式的前一天，8 月 13 日下午 3 点半，文工团成员舒铁民、于中义与代表团成员克力更、李铁羽、鲍明路和高世坤，一行六人去察看第二天大会的会场布达佩斯乌义别特斯运动场。①

　　这天晚上九点，中国代表团又召开全团大会，文工团成员也都参加了，团委会作全体动员，要求大家在开幕式上做到整齐、静肃，体现出中国青年的战斗精神。②

　　8 月 14 日这天是星期日，代表团成员梁畔回忆说，这天天高云淡，但根据代表团团委会办公室的日志记载，这天其实是阴天，梁畔的记忆大概已经被对大会气氛的强调所影响。这天上午九点，代表团副团长萧华和陈家康、区棠亮、裴克安代表中国代表团参加了各国代表团团长会议，青年节筹备会正式改组为筹委会，大会主席、书记和各组组长报告了青年节筹备情况，节目组组长也报告了节目表演的筹备情况。

　　而留在驻地的中国代表团其他成员则在上午十点五十分即准备好了开幕式上要用的仪仗，十一点开始排练仪仗队。十二点十分，中国代表团全体成员换上开幕式上要穿的制服，集体去吃午饭。吃完午饭，下午一点四十分前往会场，下午三点来到乌义别特斯运动场外列队等

---

①② 《中国民主青年代表团办公室日志（1949 年 8 月，布达佩斯）》，中央档案馆。

114

待入场。

开幕式于下午四点开始。观众首先入场，能容纳 5 万多人的运动场座无虚席。[①]而梁畊回忆说会场是匈牙利国家体育场，只能容纳 1 万人，当时座席上有来自各国的嘉宾和游客 3 千人，还有匈牙利国内观众约 7 千人。[②]舒铁民说大会是在广场上举行的，能容纳 20 万人，[③]这也有很大的偏差。看台上插着各国国旗和中国人民解放军八一军旗。会场上悬挂着这次大会的口号"世界青年团结起来，为持久和平、民主、民族独立及幸福的未来而奋斗"，以及"青年——工人、农民和学生的友谊与合作万岁""保卫和平，打倒战争贩子"等标语。

下午四点，开幕式正式开始，匈牙利党政领导人拉科西·马加什、萨卡希奇·阿尔帕德、道比·伊斯特万出现在大会会场。接着，各国青年代表团在热烈的欢呼声和掌声中依次走入会场。中国代表团在总结中说，由阿尔巴尼亚代表团第一个入场，接着是奥地利、澳大利亚、比利时、英国等国代表团按拉丁字母顺序依次入场。[④]而梁畊回忆说由苏联代表团第一个入场，中国代表团是第二个，[⑤]这大概也是因想强调苏联和中国的地位而记忆发生了改变。舒铁民说，中国代表团是在入场之后才与苏联代表团站在一起的，面对主席团，苏联代表团人很多。[⑥]

参加第二届世界民主青年与学生联欢节的国家，包括东道主匈牙利也只有 82 个国家，而在采访冯绍宗时，他说有 100 多个国家的青

---

① ④《第二次世界青年学生节总结》，中央档案馆。

② ⑤ 梁畊：《回眸各国青年在多瑙河畔的友好聚会》，共青团中央国际联络部编：《布达佩斯的回忆》，第 147 页。

③ ⑥ 舒铁民访谈录。

年参加，大概是为了强调开幕式场面非常之大。①冯绍宗还记得，当主席台上宣布胜利的中国民主青年代表团入场时，全场欢呼，鼓掌！②梁畔在其回忆录中也对中国代表团的入场情况有比较细致的描述。克力更等八人举着八面巨大的中国人民解放军军旗，军旗后面是八位代表抬着毛泽东和朱德的巨幅画像，共同组成一个先导方阵。在先导方阵后面，是由文工团组成的表演团队，有腰鼓队，还有秧歌队，秧歌队成员化装成翻身农民，手里拿着赶车的鞭子，边舞边走，全场观众尽情欣赏，不时发出雷鸣般的掌声。此外还有王昆和郭兰英的演唱。王昆那天扮成天真的农家女，引吭高歌《感谢毛泽东主席》。她走过一座又一座的看台，走到哪里，哪里就不断响起"毛泽东、毛泽东……"的欢呼声。 郭兰英唱的是《南泥湾》，她那山西梆子的嘹亮歌喉，使全场观众为之倾倒。最后是贾作光伴随着马头琴婉约深情的旋律表演蒙古舞蹈《牧马舞》。贾作光扮成骁勇的战士，长袖起舞，仿佛跨上骏马，奔驰在浩瀚的草原上，引起全场观众尤其是匈牙利人的连声叫好。③

　　舒铁民认为，梁畔这段关于开幕式上行进中演出场景的回忆是错误的。他说："开幕式我们全体成员衣冠整齐，身着藏青色礼服在仪仗队后面整队入场，有许多照片为证，绝无化装演唱、使全场观众为之倾倒之事。" 从黄晓菜、孟于等人保存的照片来看，前面两名队员举着毛泽东的绣像，上面写着"中国人民领袖毛主席"，两边稍后是两人举着军旗，然后是两人举着朱德的绣像，也不存在八个人抬着绣像

---

①② 冯绍宗访谈录。

③ 梁畔：《回眸各国青年在多瑙河畔的友好聚会》，共青团中央国际联络部编：《布达佩斯的回忆》，中国青年出版社，2009年，第147—148页。

的情况。中国代表团成员也都是穿着正装，即出国前给每人发的服装。中国代表团在事后的总结中，也只提到，当中国代表团高举毛泽东和朱德绣像出现在会场上时，热烈的掌声和"毛泽东万岁""毛泽东拉科西"的欢呼声响遍了天空，各国代表对中国代表团的仪仗队反应极好。[①]大会开始前，各国代表都围拢来跟中国代表谈话，问长问短，亲切地抚摸毛主席和朱总司令的绣像，热烈地欢呼着。[②]虽然西方国家右翼和中间派青年组织对苏联、中国和其他人民民主国家代表团入场时分别高举斯大林和各国共产党领导人的画像，并高呼"斯大林万岁""苏联万岁"等口号有所不满[③]，但是中国代表团在开幕式成功亮相，还是给世人留下了深刻的印象。

下午四点半，全场肃立，庞大的军乐队奏响匈牙利国歌，匈牙利国旗冉冉升起。接着，奏世界青联会歌，升世界青联会旗，曾参加苏联青年近卫军的尤尔金是升旗手。然后，在一阵热烈的掌声中，由世界青联主席鲍埃逊致欢迎词，号召全世界的民主青年用生命来保卫和平、自由和民族独立。[④]

接着，世界学联代表格罗曼、世界工联代表祖布卡和匈牙利共和国总统斯查卡西兹先后致贺词。[⑤]斯查卡西兹在讲话中提到毛泽东领导的中国革命的胜利，于是全场又爆发了"毛泽东，乌拉！"的欢呼声。[⑥]然后

① 《第二次世界青年学生节总结》，中央档案馆。

②⑤⑥ 《布达佩斯在狂欢中》，中国新民主主义青年团上海市工作委员会宣传部：《全世界青年团结前进》，中国青年社华东营业处，第 73 页。

③ 共青团中央国际联络部编：《布达佩斯的回忆》，中国青年出版社，2009 年，第 4 页。

④ 《代表八十个国家青年向伟大的斯大林致敬 世界青年与学生联欢大会 在匈京隆重开幕》，《人民日报》，1949 年 8 月 17 日。

是各国代表团的代表发言，首先是苏联代表团团长、列宁共产主义青年团中央委员会书记米哈伊洛夫发言，接着是英国代表路易斯，然后是美国的一位女代表蒂尔曼，接着就由中国代表团副团长萧华讲话。冯绍宗记得，萧华是个南方人，他是将军，带兵的，讲话时就跟面对千军万马似的喊："同志们……"全场鸦雀无声，虽然听不懂话，但是那个气势呀像在战场上讲话一样，把匈牙利观众都给震住了，讲话结束时观众热烈鼓掌。[①]

最后，由匈牙利党政领导人宣布第二届世界民主青年与学生联欢节开幕。[②]在鲍埃逊讲话时，成百上千的和平鸽从运动场上空飞过，接着又有九架飞机绕着运动场飞行，撒下漫天鲜花，将会场的气氛推向高潮。青年们载歌载舞，以不同的语言演唱世界青联会歌《世界民主青年进行曲》。[③]整个开幕式持续了大约两个小时，晚上六点散会。[④]各国代表团离场时，也都引吭高歌，苏联和中国代表团格外受关注，全场观众挥帽欢送，印度代表团还举着用中文写的"印度青年向胜利的中国青年致敬"的红牌子。在回驻地的路上也受到广大市民的热烈欢迎，争着与中国代表团成员握手，主动问好，汽车不得不缓缓前进。[⑤]

世界青年联欢节正式开幕后，中国代表团的中心工作是保证各种表演、比赛节目的完成，通过世界青年联欢节的活动扩大中国革命胜利的

---

① 冯绍宗访谈录。

② 梁畔：《回眸各国青年在多瑙河畔的友好聚会》，共青团中央国际联络部编：《布达佩斯的回忆》，第 147 页。

③④《第二次世界青年学生节总结》，中央档案馆。

⑤《布达佩斯在狂欢中》，中国新民主主义青年团上海市工作委员会宣传部：《全世界青年团结前进》，中国青年社华东营业处，第 74 页。

影响，加深国际主义友谊，达到团结各国青年的目的。①虽然也参加了节目比赛,但中国代表团的原则是把政治团结放在首要地位,艺术是次要的,不过也追求演出成功,各项活动均引人注意。

8月14日用完晚饭后,文工团即参加演出。在布达佩斯的一个广场上与市民联欢,布达佩斯青年工人、学生和市民两千多人前来观看中国文工团的演出,朝鲜代表团部分成员也来观看。中国文工团的表演分为齐唱和舞蹈两部分,唱了《民主青年进行曲》《咱们工人有力量》和《团结就是力量》三首歌曲,舞蹈表演的是《牧马舞》。②

《咱们工人有力量》是马可创作的。1947年,马可随东北鲁艺文工团部分成员到佳木斯发电厂、铁路机务段、制粉厂、造船厂体验生活。一天,他们在工地上参加工人假日义务劳动。休息的时候,女文工团员为工人演唱《翻身五更》,有老工人问有没有歌唱工人翻身的歌,马可只能回答还没有编出来。这时,一位老工人唱起了自己编的《工人四季歌》:"……秋季里来菊花黄,工人翻身自己把家当。成立了职工会,参加了自卫队,组织起来那么有力量。"这首歌让马可深受感动,回到住所,马可一边用二胡拉起《工人四季歌》的曲调,一边构思一首工人战歌,于是创作了这首具有代表性的工人歌曲《咱们工人有力量》。歌曲采用二部式结构,前一个段落以坚实有力的切分节奏、一唱众和的豪迈音调和连续上行模进的乐句,生动刻画了获得解放的中国工人的坚毅性格和英雄形象,后一个段落以欢快的劳动呼号,表现了工人们为支援全国解放而紧

---

① 《关于国际青年节工作的总结——萧华同志在八月三十一日全团大会上的报告》,中央档案馆。
② 《出国文工团演出统计表》,中央档案馆。

张劳动的战斗生活。①

《牧马舞》是内蒙古文工团舞蹈组长贾作光编排的。1949 年 7 月 19日参加全国第一次文代会的王林看过后，觉得这个蒙古舞好的很，非常有力，对蒙古人的生活、对马的特性了解得很深刻。②中国文工团在布达佩斯表演后，一位外国人说："盼望已久的中国节目第一次看到了，从演出中就能看出中国青年艺术发展的成绩及它在中共和毛主席领导下光辉的未来。"③

8 月 15 日是星期一，还是个阴雨天。上午八点，中国文工团提早出发，到匈牙利国家剧院去作表演预演，④上午十一点半到十二点为中国文工团表演节目时间。上午十点，文工团紧急通知代表团送去炉子两组、储水桶两个，还有水壶，大概主要是为演出《十二把镰刀》准备道具。预演结束后，他们又回到驻地食堂吃午饭。晚上，中国文工团正式在匈牙利国家剧院单独举行晚会，招待各国代表。前来观看的各国代表有 200 多人。中国文工团演出的节目有：

1. 齐唱：《歌唱人民领袖》《解放区七唱》《咱们工人有力量》；

2.《兄妹开荒》；

3.《牧马舞》（贾作光）；

4. 独唱（王昆）；⑤

---

① 《1976 年 7 月 27 日，音乐家马可逝世》，《人民日报》（人民网资料，http://www.people.com.cn/GB/historic/0727/2448.html）。

② 王林：《第一次文代会期间日记》，《新文学史料》2011 年第 4 期。

③ 《关于国际青年节工作的总结——萧华同志在八月三十一日全团大会上的报告》，中央档案馆。

④ 《中国民主青年代表团办公室日志（1949 年 8 月，布达佩斯）》，中央档案馆。

⑤ 也有人回忆说没有王昆的独唱节目。

5. 女声齐唱：《中苏友好歌》《秋收》；

6.《牛永贵负伤》；

7.《十二把镰刀》；

8. 独唱《翻身道情》（李波）；

9. 蒙古舞《希望》（乌云、斯琴塔日哈）；

10. 独唱《妇女自由歌》（郭兰英）；

11.《光荣灯》（肖曲、尚鸿佑）。[①]

　　《十二把镰刀》也是一个秧歌剧，是马健翎领导陕甘宁边区民众剧团创作并演出的眉户喜剧，当时由马健翎编导，史雷、王贤敏表演，[②]描写年轻铁匠王二夫妇为支援部队生产急需，连夜打造12把镰刀的故事。

　　眉户，本来称作"迷胡""郿鄠"，是西北地区长期流传的一个古老剧种，其渊源可以上溯到古郑国的民歌"郑声"。迷胡发源于古华州，尤以东府的"二华"（华县和华阴）为盛，历史上曾称为"二华曲子"，后传至陕西全境以及甘肃、宁夏、青海、山西、河南等黄河中下游地区。[③]马健翎是陕西米脂人，擅长话剧、秦腔，但是对迷胡不熟悉。他的秦腔其实也是自己创造的，既有秦腔的基调，又具有晋北梆子的特点。当时民众剧团只有这种秦腔和《小放牛》调，比较单调。听说迷胡曲调有三十六大调、七十二小调，戏本也多与大众生活有关，生动活泼，非常适合排演短小精悍的折子戏，便产生了以迷胡编排现代戏的想法。于是马健翎就四处

---

① 《出国文工团演出统计表》，中央档案馆。

② 杨正发：《为群众需要而创作——柯仲平在陇东创作的三个大型歌剧》，《陇东报》，2016年8月26日。

③ 曾刚：《迷胡音乐纵横谈》，《当代戏剧》2001年第3期。

寻找能教迷胡的教师。李卜是晋南著名民间艺人，不仅会秦腔、晋剧，也唱得正宗迷胡，以卖艺为生，辗转于晋南、秦东（朝邑、同州、华县、华阴等地）一带，后来流落到陕北鄜县瓦窑沟，与一名寡妇成了婚。民众剧团在鄜县演出时，李卜也来了，他到后台来找同行，柯仲平、马健翎很高兴，就邀请他加入剧团。一开始李卜拒绝了，经过三顾茅庐，李卜最终答应了。他在剧团专门教演员唱迷胡调，为剧团排迷胡戏。[①]马健翎根据李卜哼唱的迷胡曲调，填上新词，创作了《十二把镰刀》。民众剧团到陇东活动时，鲁艺音乐系的马可、庄映记录了李卜的迷胡曲谱，侯唯动则记录整理李卜记忆的戏本，作为资料保存了下来。[②]

《十二把镰刀》在陇东第一次公演，出海报讨论剧种署名时，李卜说秦东、晋南一带有个说法，说曲子戏悦耳动听，凄楚迷人，像"媚狐子"（即民间说的狐仙、狐狸精）一样，一唱就把人唱"迷糊"了，所以把曲子戏叫迷胡。马健翎说那是迷信，咱不搞那一套。他说陕西鄜县（眉县）、鄠县（户县）有曲子戏，曲子很可能就出在这一带。加上"鄜鄠（眉户）"谐音"迷胡"，于是他便让人把剧种署成了"眉户"。马健翎时任该团团长，又是边区政府授予的"特等模范""人民群众艺术家"，所以很有权威。于是从此时起，人们便把"迷胡"写作"眉户"，并以讹传讹，把眉县、户县（今鄠邑区）说成是迷胡的发源地了。后来，马健翎还编排了《大家喜欢》《夫妻识字》《兄妹开荒》这几出迷胡戏。[③]

《兄妹开荒》本来是王大化、李波、路由合写的新秧歌剧，也是第一个新秧歌剧本。秧歌本来是中国民间流行的一种戏剧形式，又说又唱，歌舞结合，生动活泼，短小精悍，充满愉快、活泼、健康、新生的气氛，正

---

①② 侯唯动：《柯仲平领导边区民众剧团》，《新文学史料》1983 年第 1 期。
③ 刘正军：《"迷胡"何以成"眉户"》，《渭南日报》，2016 年 1 月 8 日。

适合抗日战争宣传所需要的生活气氛，最容易被改造成为表现新生活的艺术形式。《兄妹开荒》生动地表现了边区热气腾腾的大生产运动，刻画出兄妹二人的鲜明性格，成功地运用了边歌边舞的戏剧形式，使秧歌的表现力得到了很好的发挥。1943 年春节延安鲁艺等单位演出了新秧歌剧《兄妹开荒》等，受到广大人民群众的热烈欢迎，也得到中共中央领导的肯定，被称赞为初步实践文艺工农兵方向的新成就，延安和陕甘宁边区的新秧歌运动随之扩大到其他抗日根据地，于是在抗日根据地都兴起了一场新秧歌运动。①这次在匈牙利国家剧院表演，舞台上也是以延安宝塔山为背景。

《牛永贵负伤》，又名《牛永贵挂彩》，也是抗战时期在陕甘宁边区流传极广的小型秧歌剧。剧本是由周而复和苏一平合写的，王光正和齐琏采用眉户曲牌为之配曲，剧本描写 1940 年冬天满城县竹柳巷附近农民赵守义夫妇救护八路军伤员牛永贵的事迹，情节紧张，形象鲜明，而且表现了军民合作的主题。最初由中央党校秧歌队演出，1944 年 2 月 23日延安各机关、学校、团体的八个秧歌队在杨家岭汇演，中央党校秧歌队演出的节目就是《牛永贵负伤》。②

因剧本中一个情节是赵守义将八路军伤员牛永贵藏在自己的地窖里，所以在匈牙利国家剧院演出前，负责舞台美术工作的张尧向剧院方面提出演出需要一个地窖，剧院方面非常支持，就在舞台上锯出一个方形的洞，在洞内安上升降梯，所以这场戏也能演得非常真实。演出时，扮演牛永贵的于夫突然感染了疟疾，发着高烧，他带病坚持演出，还是获得了很大成功。③当演到赵守义为掩护牛永贵遭到日本鬼子毒打，却始终没

① 蓝海：《中国抗战文艺史》，山东文艺出版社，1984 年，第 264—265 页。

② 谷音、石振铎、傅景瑞合编：《东北现代音乐史料》第一辑《鲁迅艺术学院——沈阳音乐学院大事记（上）》，1983 年，第 27 页。

③ 《中国歌剧史》编委会编：《中国歌剧史（1920—2000）》上册，文化艺术出版社，2012 年，第 149—150 页。

有说出牛永贵的藏身之处，最后骗走了鬼子，从地窖救出牛永贵时，全场爆发了雷鸣般的掌声。各国代表及观众全体起立，高呼："中国，毛泽东！中国，毛泽东！"面对如此热烈的场面，演员们不约而同地站在自己的位置上，以自己扮演的角色向观众致谢。突然，场灯亮了，各国代表团团长纷纷走到第一排，向中国代表团代团长萧华和文工团团长李伯钊表示祝贺。几分钟之后，剧场才安静下来，演员们继续演出。当演到赵守义巧妙地将牛永贵送出城，牛永贵顺利归队，和战士们一起扭秧歌，唱到"军民合作力量大，天不怕来地不怕，人民一滴汗，战士一滴血，嗨嗨嗬，大家流血汗，保卫咱们的家。大家流血汗，保卫咱的家"时，观众席上又响起了经久不息的掌声。[1]闭幕的时候，在场的中国代表，带头高呼："斯大林万岁！"[2]有匈牙利观众说："《牛永贵负伤》是我这几年中所看到的最好的一出戏。"[3]匈牙利国家剧院的导演也说："《牛永贵负伤》是我们剧院在这一年演出中最好的一个剧。"[4]

《光荣灯》是东北文艺工作团二团在东北地区创作并演出的秧歌剧，描写农民王二参加了民主联军，村长代表政府给王二嫂送光荣灯。《光荣灯》是由李之华编剧，罗正和邓止怡配曲的，在曲调上采用了东北喇叭牌子、蹦蹦绣门帘和抱龙台的曲调，也就是东北二人转的曲牌，具有强烈的地域特色，很受当地百姓喜爱。[5]《光荣灯》成为东北文工二团的

---

① 《中国歌剧史》编委会编：《中国歌剧史（1920—2000）》上册，文化艺术出版社，2012年，第150页。

② 《中国文艺工作团在匈京》，中国新民主主义青年团上海市工作委员会宣传部：《全世界青年团结前进》，中国青年社华东营业处，第66-67页。

③ 舒铁民：《新中国成立前夕中国青年文工团的出访》，《传承》2010年第31期。

④ 《关于国际青年节工作的总结——萧华同志在八月三十一日全团大会上的报告》，中央档案馆。

⑤ 蔡华明：《"东北小延安"时期音乐风格研究》，《艺术教育》2012年第4期。

⑥ 鲍占元：《从老赵头到沈逸民——忆杨克同志》，《艺耕集》，中国戏剧出版社，1984年，第241页。

保留剧目，青艺成立后也仍然经常演出这个剧目。⑥所以，这次也被选为出国演出节目。在东北演出时，李之华演村长，邓止怡和沈贤演农会主席，肖曲演王二嫂。

选择这些短小精悍的秧歌剧，主要照顾了外国人的口味，让他们容易接受。这些短剧既表现了中国的民族形式，又有很强的思想性、政治性，而且能够大众化，看起来不是在做政治宣传，而是实实在在的中国人民的斗争生活，所以无论在剧情还是演技上，都博得了观众好评。一位在剧院工作的苏联人特意到后台来致谢。他说："看了感到惊奇，想不到这些节目与中国人民的现实生活结合得这样紧，从内容和形式来说都是现实主义的。"①有位挪威人也说："要发展挪威艺术就要向苏联和中国学习，尤其是中国电影给我们信心和力量。"②

《牧马舞》和蒙古舞《希望》都是内蒙古文工团的节目，《牧马舞》仍由贾作光表演。表演时，周巍峙、李焕之、沈亚威、边军、任虹等伴奏，马可等人伴唱。周巍峙用两个铝制的饭碗敲打地板做出马蹄奔驰的效果。演出前周巍峙一遍一遍不厌其烦地和舞蹈磨合，直到磨合得纯熟了为止。③《希望》则是由乌云和斯琴塔日哈两人表演的双人舞。《希望》是内蒙古新舞蹈史上的第一个舞蹈，也是第一次在国际舞台演出。④

一位进步的英国作曲家听了中国文工团合唱的《歌唱人民领袖》

---

① ② 《关于国际青年节工作的总结——萧华同志在八月三十一日全团大会上的报告》，中央档案馆。

③ 贾作光：《学习老周为人民》，《众口说老周》编辑组编：《众口说老周》，大众文艺出版社，2001年，第200页。

④ 查娜：《斯琴塔日哈：草原女儿舞动民族之美》，《中国民族报》2012年8月3日第11版。

《解放区七唱》和《咱们工人有力量》三首歌曲之后说："听了三个合唱，曲子虽简单，但是很美。"又说："中国的艺术与人民是结合了的，英国的艺术是艺术，人民是人民，中国进步，英国落后。"①女声齐唱的《中苏友好歌》，本来是一首苏联歌曲，原名《莫斯科—北京》，由姆·维尔什宁作词，瓦·穆拉节里作曲，朱子奇将歌词翻译成汉语，由周巍峙重新配曲。这首歌曲在1951年还获得了斯大林奖金奖。档案中没有记载王昆独唱的歌曲名称，程云《王昆评传》说是陕北民歌《歌唱毛泽东》。②郭兰英唱的《妇女自由歌》是阮章竞在去西伯利亚的火车上才临时为她写的。③阮章竞回忆说，"郭兰英本来是去唱歌的，但她只能唱山西梆子，我临时给她写了首山西民歌，名叫《妇女自由歌》。当时我正坐在去西伯利亚的火车上，……"④

中国代表团所属文工团演出的节目也博得群众好评。一位匈牙利导演说，中国文工团的节目是生活与文化的结合，虽然还不成熟，但是是很好的开始。⑤两个德国青年为中国文工团用简单的打击乐器就能完成演出任务感到惊奇，他们说："想不到两个碟子（指敲打乐器）就能把全部节目都演出了。"⑥中国文工团所带乐器确实不多，此后的表演也主要靠简单的吹管乐器和打击乐器。王铁锤回忆说："那时候中国文工团没有什么乐器，跳大秧歌、腰鼓舞，伴奏就靠喇叭、管子，主要靠

①⑤⑥《关于国际青年节工作的总结——萧华同志在八月三十一日全团大会上的报告》，中央档案馆。

② 程云：《王昆评传》，中国电影出版社，1997年，第154页。

③ 陈培浩、阮援朝：《文学苦旅——阮章竞小传》，《中国作家》2014年第18期。

④ 阮章竞口述，方铭、贾柯夫记录整理：《异乡岁月——阮章竞回忆录》，文化艺术出版社，2014年，第190页。

他和王小寿和吴峰三人吹。他吹管子、笛子，王小寿吹海笛和小喇叭，吴峰吹大喇叭，三个人高中低音都有了。此外李刚打鼓，任虹打镲，周巍峙、马可他们都得敲。"①

8月16日上午九点，大学生运动会开幕，中国代表团所属篮球队出席，文工团休息。

8月17日，天气放晴，上午八点半，中国代表团在饭厅宣布今后实行发娱乐票办法。由于大家对观看一些小国家的演出兴趣不如对社会主义及新民主主义国家的演出兴趣那么高，甚至有的不太愿意去看，②因此团委决定按节目组织，集体去看，并指定负责人，同时指出应把看节目当成政治任务来完成，不能只看作娱乐。③当天就开始这样做，觉得比按联络组、宣传组等行动小组发票好些。④这天上午，萧华、裘克安还出席了青年节委员会，报告节目及分票情形。⑤

8月17日下午两点，周巍峙带领大家在布达佩斯城内参观。⑥晚八点半，苏联代表团举办音乐晚会，吴雪带领部分团员出席。⑦

8月18日，沈平分发各种戏票及运动票。因为连日来既打腰鼓，又扭秧歌，太累了，舒铁民在这一天病了，突然休克了。同屋的李刚吓坏了，赶紧把他送到匈牙利理工学院的医院，所以8月18日以后的活动舒铁民都没有参加，他是文工团回国时直接从医院接走的。舒铁民说，匈牙利医院的医术是很有名的，他住在那以后他们就说："毛泽东，毛泽

---

① 孙燕：《从草根到华堂——王铁锤艺术实践与身份转换》，中国艺术研究院2013届硕士学位论文，2013年5月，第13页。

② 《关于国际青年节工作的总结——萧华同志在八月三十一日全团大会上的报告》，中央档案馆。

③④⑤⑥⑦《中国民主青年代表团办公室日志（1949年8月，布达佩斯）》，中央档案馆。

东。"见着就叫毛泽东，不讲别的。他在医院跟他们学匈牙利文，后来学俄文。还认识劳动党的一个女同志，非常好的，他们都知道中国革命打蒋介石。①他们还带舒铁民去看电影《斯大林格勒保卫战》。舒铁民回忆说："那是苏联刚出来的片子，在布达佩斯放映，医生夫妇就陪着我去看。到影院时票不够了，刚好缺一张。当听说是中国代表团的，有人就把票让出来了。可是这个票又不连在一起，到了影院里边，中间的人也马上让出来给我坐，友好呀！"②

夏静在出访期间也生过病。8月25日夏静在给中国代表团办公室的信中说，她的病正在痊愈，将于二三日内回来。③

8月19日星期五，晴，上午十一点半，中国代表团访问捷克代表团。④下午一点半，中国代表团在饭厅集合，去访问苏联代表团。下午四点，去观看苏格兰、维也纳、德国等代表团表演节目。下午五点，放映电影《新阿尔巴尼亚》。晚上八点，在切贝尔（Csepel）运动场还有各国歌舞表演，参加的有匈牙利、罗马尼亚和蒙古国等10个国家的代表团，中国文工团也参加演出。⑤这次演出的观众达6万人之多，不仅有各国代表，还有许多匈牙利的工人和学生，中国文工团演出的节目为腰鼓。⑥冯绍宗说，腰鼓队的前面有两面大鼓，后面有四个大镲，小伙子打腰鼓。在匈牙利街上游行，我们的大鼓一敲，街道两侧商店的人都出来了，后面跟着，那是相当震动的！这是胜利中国的炮声来

①② 舒铁民访谈录。
③④⑤《中国民主青年代表团办公室日志（1949年8月，布达佩斯）》，中央档案馆。
⑥《出国文工团演出统计表》，中央档案馆。

了，赶快看呀！① 一位美国女孩子说："看了你们的腰鼓，才知道你们是怎样打胜仗的。"②

8月20日星期六，晴，上午十点半团委会召开会议。下午四点半，中国文工团在布达佩斯市立公园演出大秧歌，这是中国文工团单独组织的一次室外演出。中国代表团一部分正式代表带着仪仗前去助阵，③ 观看的市民有2万来人。④ 匈牙利的一位教授对秧歌的歌词给予了很高评价，认为是"用民族形式表现出了国际主义的精神"。⑤ 文工团还参加了在英雄广场举行的各国歌舞表演，广场聚集了七八万人，中国文工团再次表演了腰鼓。⑥ 这一天正好是匈牙利的收获节，匈牙利农民将一个好几公斤重的大面包献给中国代表团，表示他们对中国人民的友谊。⑦ 孟于、黄晓荣等人保存的照片中有一张在一个露天舞台表演腰鼓的情景，参加演出的有20人。

这一天，世界青年联欢节还要举行"多瑙河上的狂欢节"。晚上七点，狂欢节正式开始了，13艘汽船载着一万名各国青年代表，沿着耸立自由神像的山麓和马格兰岛，夜游多瑙河。灯光波影中，多瑙河上顿时充满

---

① 冯绍宗访谈录。

② 《关于国际青年节工作的总结——萧华同志在八月三十一日全团大会上的报告》，中央档案馆。

③ 《中国民主青年代表团办公室日志（1949年8月，布达佩斯）》，中央档案馆。

④ 《出国文工团演出统计表》，中央档案馆。该统计表中说这天演出的节目为秧歌，没有腰鼓。

⑤ 《关于国际青年节工作的总结——萧华同志在八月三十一日全团大会上的报告》，中央档案馆；萧、韩、陈：《出席青年节代表团的情形（给中央并青委的报告）》，1949年8月22日，中央档案馆。

⑥ 《出国文工团演出统计表》，中央档案馆。

⑦ 《多瑙河上的狂欢节》，《人民日报》，1949年8月27日。

了80多个国家的青年人的欢笑和歌声。当两艘汽船在中流相遇的时候，甲板上的青年们就互致敬礼和欢呼。多瑙河两岸和横跨河上连接市区的四座大桥上，站满了布达佩斯的人民，他们对船上的青年们挥手致意，青年们就报以"VIT，VIT，乌拉！"的欢呼（VIT是匈牙利文"世界青年与学生联欢大会"的简称）。[①]《人民日报》的报道说中国代表团与越南、东德、保加利亚、美国、澳大利亚、比利时等国代表同乘一艘船。中国文工团是刚表演过大秧歌和腰鼓之后直接来的，在船上仍是农夫农妇的打扮，把大鼓和腰鼓也带到了船上。中国代表团在船上唱着《民主青年进行曲》《祖国进行曲》和《东方红》等一支又一支歌曲。冯绍宗回忆说，中国代表团全体成员分乘两条船，把一艘船上装上大鼓，腰鼓队在河里一敲，你想那回声多大呀！鼓声响彻夜空，震惊了多瑙河两岸的人，都出来在后面跟着，场面相当震撼，仿佛听到了胜利中国的隆隆炮声。[②]在船上用完了小餐以后，大家又拉开椅子，在甲板上跳起舞来。夜里十点多钟，有焰火表演。礼炮和焰火是从河畔山头上发射的，炮声在山谷中萦绕回荡，美丽的焰火在天空翻腾照耀，一会儿像长虹，一会儿像红灯万盏，变幻无穷。到夜里十一点，游船靠岸，有很多布达佩斯市民在岸上迎候。十一点半，中国代表团才回到宿舍。[③]

8月21日星期日，天气晴朗，上午八点，李伯钊、区棠亮率领中国文工团全体成员和9名翻译，赴匈牙利东部城市德布勒森（Debrecen）

---

① 《多瑙河上的狂欢节》，《人民日报》，1949年8月27日。
② 冯绍宗访谈录。
③ 《中国民主青年代表团办公室日志（1949年8月，布达佩斯）》，中央档案馆。

演出。①中国文工团在德布勒森单独组织了一场晚会，也吸引来了一万多名观众。演出的节目与 8 月 15 日在匈牙利国家剧院演出的节目大致相同，有《解放区七唱》《十二把镰刀》等，又临时增加了齐唱《保卫黄河》和《义勇军进行曲》，还有秧歌。②

留在布达佩斯的中国代表团各小组召集组员汇报情况和讨论加强纪律问题，然后召开各小组组长会议。晚上有 15 人去观看了苏联代表团的演出。

8 月 22 日星期一，晴，这天上午九点，中国代表团举办了记者招待会，又举办了招待东南亚各殖民地附属国（依赖国）代表的联欢会，有印度、越南、印尼、缅甸、马来亚等国代表约 70 人出席，锡兰及朝鲜代表未到。③大家对这些国家的代表比较热情，联欢会气氛热烈，从下午四点一直持续到晚上九点。其间中国文工团从德布勒森赶了回来，在联欢会上演唱了几首民族歌曲，还表演了腰鼓，获得一致赞美。④

8 月 23 日星期二，晴，苏联代表团邀请各国代表团到英雄广场拍电影，他们要把各代表团表演的节目录制下来，中国代表团所属文工团和电影有关人员都去了，代表团还派沈平、洛风、田常青、谭以津、刘宾雁、马祖灵等 10 人去打仪仗。⑤中国文工团在英雄广场唱《民主青年进行曲》，并表演了腰鼓。⑥1949 年 9 月 4 日《人民日报》报道说，中国文工团表演的节目，有许多由苏联电影团拍成影片，⑦这就是其中的一次。

---

①⑤《中国民主青年代表团办公室日志（1949 年 8 月，布达佩斯）》，中央档案馆。

③《联络组在青年节时的工作总结》，中央档案馆。

②④⑥《出国文工团演出统计表》，中央档案馆。

⑦《胜利完成表演任务 我青年文工团离匈将经莫斯科返国》，《人民日报》，1949 年 9 月 4 日。

　　这天上午九点半，中国代表团还举办了希腊、西班牙战斗国家青年联欢会，招待希腊、西班牙战斗国家青年代表，希腊代表团来了110人，其中约有30人是孩子，其余80多人则是全副武装的自由希腊青年代表，有几位还是战斗英雄。西班牙代表团只来了20人，两国加在一起有130人左右。[①]这次联欢会气氛也比较热烈，中国代表团演唱了《保卫马德里》，下午两点联欢会结束时，中国代表团又演唱了《团结就是力量》。[②]

　　8月23日这一天，还在匈牙利国家剧院举行文艺竞赛，中国文工团也参加竞赛，观众有2000多人。中国文工团参赛的节目有李波、郭兰英的独唱，还有《牧马舞》和腰鼓。腰鼓是由吴坚、叶央（叶扬）、丁帆、郭兰英、于夫五人编排的，黄晓菜等人也参加表演，李刚是指挥。[③]中国歌舞所表现出的中国人民的战斗精神和朴素壮美的特点，赢得各国观众和文艺工作者的一致赞扬。

　　评比结果，中国代表团的《胜利腰鼓》获得优等奖，李波获独唱二等奖，郭兰英获三等奖。[④]优等奖也称特别奖，一共只有4个，是给集体优秀节目的，与腰鼓并列获得优等奖的是苏联的红军歌舞团、莫斯科大剧院和苏联青年管弦乐队。独唱得一等奖的只有苏联一人，得二等奖的共有3人，李波以中国民歌《翻身道情》夺得二等奖。独唱得三等奖的共有4人，郭兰英以《妇女自由歌》获得第三名。阮章竞承认，从诗歌艺术上说，《妇女自由歌》的歌词没有多少可取之处，没想到郭兰英能获奖。[⑤]郭兰英能

---

　　①④《中国民主青年代表团办公室日志（1949年8月，布达佩斯）》，中央档案馆。

　　②《中国希腊西班牙青年代表　在匈京举行联欢大会　互相学习反法西斯斗争经验》，《人民日报》，1949年8月27日。

　　③ 丁帆：《群星闪耀的集体——忆华北联大文工团》，《党史纵横》1993年第4期。

　　⑤ 阮章竞口述，方铭、贾柯夫记录整理：《异乡岁月——阮章竞回忆录》，文化艺术出版社，2014年，第190页。

获奖，是因为她唱得确实好。王昆这次没有得奖，难过极了。黄晓棻说，她那时就很欣赏郭兰英的歌唱，就是有真才实学，科班出来的，不一样。王昆声音好，会唱，但是受的基本训练不如郭兰英，没有郭兰英的功夫深。那次王昆没得奖，并不是没唱好，可能是由于她还是赶不上李波和郭兰英两人有特点吧。李波声音洪亮，在现场没有人唱得过他，陕北那种高亢、开朗、雄壮的情绪和声音都表现得相当出色。①

这是新中国文艺演出在国际上的首次获奖，李波、郭兰英等人率先在国际舞台上为新中国赢得了荣誉。《兄妹开荒》《牛永贵负伤》《光荣灯》《十二把镰刀》《歌唱人民领袖》《翻身道情》《牧马舞》等节目都受到观众的欢迎，特别是《牛永贵负伤》一剧，无论在剧情和表演上都博得了好评。②

世界学联征求会歌的结果，苏联得第一、第二名，中国青年作曲家马可的《民主青年进行曲》获得作曲第三名。③《民主青年进行曲》本来是 1948 年夏华北大学三部戏剧系在石家庄集体创作演出的大型话剧，王昆、郭兰英也是《民主青年进行曲》的歌唱演员。《民主青年进行曲》主要反映国民党统治区进步青年学生在中共地下党的领导下开展"反内战、反饥饿、反迫害"的学生运动，在石家庄公演多场，获得好评，但也根据观众意见多次加以修改。北平解放后，为纪念"五四"青年节，由华北大学文工团二团继续演出，不久又为全国第一次文代会演出，演出之后根据观众和中央青委领导意见，再一次重写，后来该剧还被拍成电影故事片。④

---

① 黄晓棻访谈录。

② 《胜利完成表演任务 我青年文工团离匈将经莫斯科返国》，《人民日报》，1949 年 9 月 4 日。

③ 新华社布拉格 1949 年 8 月 30 日电。

④ 萧玉：《新中国文艺从石家庄走来》，《石家庄日报》，2014 年 7 月 23 日第 9 版。

这天晚上，各国代表和匈牙利市民约 6 万人聚集在一个广场上，举行营火晚会，中国文工团在晚会上表演了节目，有李波和郭兰英的独唱，还表演了《牧马舞》和蒙古舞《希望》。①

8 月 24 日星期三，晴。这天上午，中国文工团及大部分代表又执仪仗去英雄广场拍电影，②文工团又表演了腰鼓和秧歌。③

8 月 24 日这天被定为"殖民地战斗青年团结日"。晚上六点半，各国代表和布达佩斯市民、工人约 2 万人在尤卡依（Jokai）广场集合，然后在布达佩斯的大街上举行了盛大的示威游行，市民夹道欢呼。中国青年代表团的仪仗以八个人抬的斯大林画像为先导，接着就是毛主席、朱总司令的绣像和十多面红旗。沿途唱着《我们是民主青年》《团结就是力量》等歌曲。④冯绍宗回忆说，那时匈牙利人不了解我们中国人是个什么样子，他们对中国有一个印象，就是女的是"小脚"，男人留辫子。我们在大街上游行的时候，女演员穿着裙子，老太太专门去看你是大脚还是小脚，有老头把我们的帽子给摘下来，看你有没有辫子。一看都跟他们一样，这是先进的中国嘛！那时感觉我们是扬眉吐气了，中华民族从来没有感觉到那么受欢迎，那么受尊重，过去我们是"小脚"女人，"东亚病夫"，这个印象现在一点儿没有了，那时候虽然我年轻，但是我的民族自豪感相当充分，这才是我们中国的民族，这才是中国人民的形象，非常好！⑤

---

① ③ 《出国文工团演出统计表》，中央档案馆。

② 《中国民主青年代表团办公室日志（1949 年 8 月，布达佩斯）》，中央档案馆。

④ 《匈京举行世界战斗青年日　世界青年和平大示威》，《人民日报》，1949 年 8 月 29 日。

⑤ 冯绍宗访谈录。

游行队伍来到郊外格列尔特山自由女神像下面的广场上，在这里举行营火晚会。各国代表用不同的语言高唱《民主青年歌》，在各国代表讲话之后，最后由各国代表团表演节目，中国文工团表演了蒙古舞《希望》和《牧马舞》，还临时增加了一个节目，表演大秧歌。①

8月25日星期四，晴，上午九点，匈牙利共产党中央委员会干部代表青年团主席来讲话，介绍了匈牙利的经济建设、土地问题及联合政府情况，中国代表团所有正式代表和部分文工团成员40多人出席。②接着中国代表团还举办了各资本主义国家青年代表联欢会，但由于中国代表对他们过分警惕，联欢会气氛不够热烈。③

这天，文工团的大部分人员去参加上午九点开始的预演。④因为这一天被定为"中国日"，晚上中国代表团要在布达佩斯都市剧院组织晚会，招待各国代表。苏联等各国代表及其他人士3000多人观看了中国文工团的演出，匈牙利共产党领袖拉科西也来了。文工团这次演出的节目也与8月15日在国家剧院的演出相同，只是增加了秧歌舞。⑤晚上七点半，"中国日"大会散会。

8月26日星期五，晴，有美国音乐工作者前来抄录中国歌谱，并会晤了周巍峙。李伯钊等文艺工作者出席匈牙利文艺协会主席举办的招待会。⑥这天，中国代表团还举办了招待新民主主义国家青年代表茶会，到

---

① 《中国民主青年代表团办公室日志（1949年8月，布达佩斯）》，中央档案馆。一说8月24日在奥克特柔（Oktoroh）广场举行游行大会，参见《第二次世界青年学生节总结》，中央档案馆。

②③④⑥ 《中国民主青年代表团办公室日志（1949年8月，布达佩斯）》，中央档案馆。

⑤ 《出国文工团演出统计表》，中央档案馆。

会的有匈牙利、保加利亚、波兰、罗马尼亚、阿尔巴尼亚、蒙古国、东德等 8 个国家代表约 150 人，朝鲜代表团因下乡而未参加。①文工团又在招待会上表演了腰鼓。②这次联欢会中国代表团方面的准备及组织都非常凌乱，但大家的情绪很高昂。③

这一天，各国代表团又在一个运动场表演歌舞，各国代表、捷克和匈牙利市民、学生和工人都前来观看，其中多数是工人，观众总数约有 4 万来人，中国文工团表演了腰鼓。④这天晚上，世界学联和匈牙利青年团共同在都市剧场举办晚会，⑤各国代表约 3000 人出席，大家一起唱《我们是民主青年》，各国代表团表演了歌舞，中国文工团又表演了腰鼓。

8 月 27 日晚，中国代表团又在布达佩斯歌剧院单独组织晚会招待各国代表，各国代表 2000 多人出席，文工团表演的节目也与 8 月 15 日在国家剧院表演的节目大致相同，有《兄妹开荒》《十二把镰刀》等，另外增加了腰鼓和秧歌舞。⑥腰鼓和秧歌舞最受欢迎，不管在室内还是室外，腰鼓和秧歌舞最后一出来就是高潮。

8 月 28 日星期日，世界青年与学生联欢节结束。晚上，各国代表与布达佩斯市民、工人和学生约两万人再次聚集在自由女神像下面的广场上，举行营火晚会，各国代表团表演歌舞，中国文工团再次表演了腰鼓。⑦

在为期两周的时间里，中国代表团所属的文工团，总共在剧院及广场演出 18 场，其中在剧院表演 5 场，在广场表演 13 场，当时国内报道说观众人数累计达 324500 人（拍电影时的观众和街头演出时的观众还没

① 《联络组在青年节时的工作总结》，中央档案馆。

③⑤ 《中国民主青年代表团办公室日志（1949 年 8 月，布达佩斯）》，中央档案馆。

②④⑥⑦ 《出国文工团演出统计表》，中央档案馆。

有计算在内），[1]而萧华估计观众累计达 34 万人。[2]

表五　演出节目分类与次数统计[3]

种类	剧目个数	演出次数	备注
秧歌剧	4	13	《牛永贵负伤》4 次；《光荣灯》4 次；《兄妹开荒》3 次；《十二把镰刀》2 次
蒙古舞	2	14	《牧马舞》8 次；《希望》6 次
腰鼓	1	11	
秧歌舞	1	6	
齐唱	8	4	
独唱	3	17	李波 6 次；郭兰英 6 次；王昆 5 次
女声齐唱	2	4	

　　在联欢节的半个月期间，文工团分成几个小分队，应邀到匈牙利的工厂、校园、社区、街头广场和市郊村庄演出。8 月 29 日，文工团在匈牙利的演出任务全部完成，各组召开小组会，总结两周以来的工作，晚上大家去观看了电影。[4]

　　中国代表团还专门召开了一次文艺座谈会，到会的有各国文艺工作者 30 人左右，征求他们对中国文工团演出的意见。[5]苏联少共中央书记说："中国同志太好了。中国代表团、文工团在国际青年节中是出色的一个代表团，他们在各方面给我们以帮助，以苏联为

---

　　① 《胜利完成表演任务　我青年文工团离匈将经莫斯科返国》，《人民日报》，1949 年 9 月 4 日；《出国文工团演出统计表》，中央档案馆。

　　②⑤ 《关于国际青年节工作的总结——萧华同志在八月三十一日全团大会上的报告》，中央档案馆。

　　③ 《节目演出次数统计》，中央档案馆。

　　④ 《中国民主青年代表团办公室日志（1949 年 8 月，布达佩斯）》，中央档案馆。

首不是口头而是在思想上、工作上、行动上真正尊重与接受苏联的领导。"①

8月31日，中国代表团召开全团大会，对中国代表团的工作初步作了总结。萧华在总结报告中说："总的说来，我们参加国际青年节的工作，是取得了显著的成绩，顺利的完成了国际青年节的任务。"②当时文工团自己觉得，由于出国前的准备工作太仓促，是临时凑起来的班子，准备时间短，参加比赛的节目显得太少。③不管怎样，中国代表团能够参加大会，保证各项节目的演出，得到观众的好评，并能获奖，已经是一个了不起的成就。正如当时《人民日报》在《庆祝世界民主青年与学生的联欢大会闭幕》一文中所说的那样："中国青年代表团在这次世界青年联欢大会中的出现，是代表着新民主主义的中国青年，光荣地参加到国际大家庭中的第一次。"④冯绍宗回忆这段经历时说："我们这次出国相当露脸，相当成功，尽管我们是一些'土包子'，但是给外国人的印象很深。"⑤

8月30日上午，文工团一部分成员去游览玛格丽特岛，还有30人去游览巴拉顿湖。⑥

---

①②③《关于国际青年节工作的总结——萧华同志在八月三十一日全团大会上的报告》，中央档案馆。

④《庆祝世界民主青年与学生的联欢大会闭幕》，《人民日报》，1949年9月2日第3版。

⑤冯绍宗访谈录。

⑥《中国民主青年代表团办公室日志（1949年8月，布达佩斯）》，中央档案馆。

第七章　归国

本来有些国家希望中国文工团在匈牙利演出结束之后，到他们国家去演出，但是由于预先有安排，要到莫斯科学习半个月，所以都婉言谢绝了。早在 7 月 30 日，周恩来在给刘少奇、高岗和王稼祥的电报中，即提到文工团希望回到莫斯科时，能给他们以参观戏剧电影艺术方面的机会，如需他们表演，亦可要其表演。①

9 月 1 日，参加世界青年与学生联欢节的中国代表团所属的文艺工作团全体团员 70 人离开布达佩斯，踏上归国的旅程，中华全国学联篮球队队员 9 人偕行。尚鸿佑后来听说，当时领导本来想让他留下来在匈牙利学习小提琴，但是因他年纪尚幼，只有 15 岁，自己做不了主，又无法征得他家长的同意，领导做不了决定，最后还是让他跟团一块回来了。②

到莫斯科进行了为期 14 天的参观访问。他们住在一个很漂亮的酒店里，舒铁民说，由于他小，和更小的尚鸿佑睡一张床。

李伯钊会俄文，她就去参观莫斯科的各大剧院，了解苏联的剧场艺术。苏联方面为中国文工团的其他成员精心安排了参观访问日程，参观了红场、克里姆林宫和博物馆，还瞻仰了列宁遗容。大家都觉得莫斯科的建筑很新鲜，非常豪华，也非常大气。莫斯科的地铁也给大家留下很深的

---

① 《关于中国民主青年代表团出访问题的电报和信》，中共中央文献研究室、中央档案馆编：《建国以来周恩来文稿》一，中央文献出版社，2008 年，第 108 页；中共中央文献研究室编：《周恩来年谱（1898—1949）》，中央文献出版社、人民出版社，1989 年，第 836 页。

② 尚鸿佑访谈录。

印象，好几层，每一站的装潢艺术性都很强，很豪华。

文工团也参观了莫斯科的戏剧学校、芭蕾舞学校和柴可夫斯基音乐学校等艺术教育机构，看了很多演出，有歌剧、舞剧，还听了多场音乐会，有交响乐，也有俄罗斯民族音乐。能够观看乌兰诺娃、奥伊斯特拉赫等苏联顶尖艺术家的精湛演出，增加了对苏联歌剧、舞剧的感性认识。乌兰诺娃也参加了第二届世界青年联欢节，与郭兰英等中国文工团成员在布达佩斯已经相识。中国文工团也为苏联青年团及莫斯科大学生、集体农庄居民表演了节目。①日程安排得很满。舒铁民说，在莫斯科，其实每天都忙得要命。②

在莫斯科，文工团领导还给每人发了300卢布作为零花钱。当时塑料制品刚刚上市，舒铁民就用100卢布买了一件雨衣，100卢布买了一些小礼物，剩下100卢布他拿回来了。罗伯忠还说有点可惜，应该买一块瑞士表。③

9月份的莫斯科天气已经很凉了，文工团又给每人发了一件大衣。而据舒铁民回忆，这是苏联共青团中央特意送给中国文工团所有成员的。④苏联人个子大，而郭兰英、尚鸿佑和王小寿个子小，没有他们能穿的大衣，又单独开小车把他们拉到另外一个地方的儿童商店买的。这已经成了他们现在能够忆起的逸闻趣事了。大衣很厚，说是呢子的，但是很粗。虽然不够精致，但很管用。黄晓棻提起此事就说，九月份时西伯利亚已经下大雪了，"没有大衣怎么行？大家都感谢斯大林。"⑤

9月18日，中国文工团结束在莫斯科的参观访问，重新坐上回国的

---

① 《全国文联、文化部欢宴出国文工团》，《人民日报》，1949年11月5日。

②③ 舒铁民访谈录。

④ 舒铁民：《新中国成立前夕中国青年文工团的出访》，《传承》2010年第31期。

⑤ 黄晓棻访谈录。

火车。因中国正组织演出团到苏联演出《白毛女》，郭兰英就留在莫斯科等候，没有一同回国。郭兰英在莫斯科等了将近一年时间。在这段时间里，她一边学俄文，一边观赏歌剧和芭蕾舞，还跟乌兰诺娃学习芭蕾舞。①

9月27日，出国文工团和篮球队成员回到哈尔滨，哈尔滨市各大中学校学生、青年团团员等3000余人到车站欢迎。9月28日下午，哈尔滨市举行了欢迎大会，文工团表演了《胜利腰鼓》等节目。②

应邀来中国参加中苏友好协会成立大会及世界拥护和平大会中国分会成立大会的苏联文化艺术科学工作者代表团（以下简称"苏联文化代表团"），以及莫斯科红军歌舞团青年队的13名演员也于这天来到了哈尔滨。红军歌舞团青年队也参加了第二届世界青年联欢节，还在戏剧、歌舞比赛中获得优等奖。晚上，哈尔滨方面宴请苏联文化代表团，让出国文工团也参加。舒铁民回忆说："会合以后，哈尔滨宴请了一次，把我们文工团也叫去，可见，中国人好客。宴会上先是中餐，那是我第一次吃鱼翅、燕窝，外国人都没吃过这些东西，我也是第一次吃。然后就是西餐，怕他们不习惯中餐，他们就这么招待我们。"③

然后，出国文工团与苏联文化代表团一起乘火车离开哈尔滨，9月29日抵达沈阳。李富春、林枫率领一万余名群众到车站欢迎苏联文化代表团，举行了欢迎会。④9月30日下午六点五十五分，火车抵达天津火车东站。天津市副市长刘秀峰也带领1500多人到车站欢迎苏联文化代表团，在月台上举行了欢迎大会。晚上九点，天津市政府宴请苏联文

---

① 黄奇石：《我的"郭兰英印象"——也谈郭兰英之三》，《歌剧》2015年第4期。

② 《我出国文工团球队返抵哈尔滨》，《人民日报》，1949年10月1日。

③ 舒铁民访谈录。

④ 《记沈阳人民的狂欢》，《人民日报》，1949年10月11日。

化代表团。①而文工团则先苏联文化代表团一步乘火车赶往北京。

出国文工团于 10 月 1 日凌晨赶到北京，正好能赶上参加开国大典。王铁锤说，他们赶回北京时已经是 10 月 1 日早晨四点钟了，旅馆也找不到，就住在东单那边的一个澡堂子里，下午去参加开国大典。②而舒铁民说他们是 10 月 1 日凌晨赶回北京，早上四点起来去参加开国大典，等了七个小时开国大典才开始。③而苏联文化代表团乘坐的火车于 10 月 1 日上午十一点才抵达前门火车站，④他们也参加了开国大典。

举行开国大典时，出国文工团成员就站在天安门左边临时搭起的观礼台上，打着中国民主青年文工团的旗帜。大家亲眼看见了毛泽东主席，看见了五星红旗冉冉升起，亲耳听到毛泽东主席宣布中华人民共和国中央人民政府成立，感到无比自豪。孟于回忆说："看着徐徐上升的国旗，我心潮澎湃，热泪不知不觉爬满了脸颊。"⑤

随后，举行阅兵仪式和群众游行。典礼结束之后，出国文工团成员跑下观礼台，直奔金水桥，冲着天安门城楼喊啊、笑啊。城楼上的领导们也频频向他们招手，向涌向天安门的群众招手。大家嗓子都喊哑了，但仍激情未尽。⑥

---

① 《苏文化工作者代表团抵津　津市各界代表千五百人到站欢迎》，《人民日报》，1949 年 10 月 1 日。

② 王铁锤访谈录。

③ 舒铁民访谈录。

④ 许诚：《伟大的友情——记首都人民欢迎苏联代表团》，中苏友好协会总会编：《苏联文化工作者代表团在中国一月》，新华书店，1950 年，第 241 页（原载《人民日报》，1949 年 10 月 2 日）。

⑤ 孟于：《一路前行一路歌——孟于回忆录》，北京回忆久久文化传媒有限公司，2012 年，第 80 页。

⑥ 孟于：《一路前行一路歌——孟于回忆录》，北京回忆久久文化传媒有限公司，2012 年，第 81 页。

　　10月9日下午三点，北京市在中山公园中山堂举行北京市中苏友好协会成立大会，晚上在音乐堂举行庆祝晚会，出国文工团和苏联红军歌舞团一起演出节目。

　　自10月11日起，李伯钊又率领出国文工团陪同苏联文化代表团到南京、上海、济南、天津等城市进行访问演出。在上海，尚鸿佑记得住的饭店旁边有一座桥，饭店很高，后来在电影中常看见，那时国民党飞机还常到上海来轰炸扫射，楼顶上架着机关枪。因为年纪小，不懂事，国民党飞机来时，尚鸿佑趴在窗户上看，被年纪大一些的同志一把拉回来了。①10月16日晚上，中苏友好协会上海分会筹备委员会在逸园举行盛大的中苏联欢晚会，出国文工团也表演了《牧马舞》和《胜利腰鼓》等节目。②10月21日在济南欢迎苏联文化代表团的大会上，出国文工团也表演了独唱和《胜利腰鼓》等节目。③10月22日下午在天津的欢迎会上，出国文工团与苏联演出队分别表演了歌舞节目。④回到北京以后，苏联文化代表团又于10月25日到北京西郊十六区农村参观，出国文工团也在欢迎大会上表演了独唱和大秧歌舞。⑤

　　苏联文化代表团在中国访问一个月，进行音乐舞蹈演出28次，观众583400余人，中国出国文工团也一直陪同演出。⑥10月29日苏联文化代表团启程回国，出国文工团也到车站送行，与红军歌舞团的演员们依依惜别："发车铃已经响了两次，第二次的铃声一直连续了很久；汽笛也

---

① 尚鸿佑访谈录。

② 《上海中苏友协举办晚会　中苏万人联欢　苏文化代表团受热烈欢迎》，《人民日报》，1949年10月18日。

③④ 《苏文化代表团北返　沿途备受欢迎》，《人民日报》，1949年10月23日。

⑤ 《苏代表团访问京郊农村　万全村万人盛会欢迎贵宾》，《人民日报》，1949年10月26日。

⑥ 《〈苏联文化工作者代表团在中国一月〉在京出版》，《人民日报》，1950年3月14日。

在嘟嘟的鸣叫。但红军歌舞团的米那也夫，仍然被我国出国文工团的团员们一次又一次的高高的举起来……"[①]

至此，出国文工团的任务全部完成了。11月4日，全国文联和文化部联合举行欢迎宴会，欢迎出国文工团。[②]接着，毛主席又接见他们一次，还在中南海请他们吃饭，晚饭后还有晚会。[③]

尚鸿佑记得是一个星期六，[④]那应该是11月5日。而舒铁民已经完全不记得是哪一天了。他说："毛主席又接见我们一次，但那是哪一天，我始终都没有找到相关记载，他们也都不知道，全都忘记了。那次不是毛主席专门接见，是中南海领导人宴请我们。分了很多桌，这桌主要是陈毅，那桌是贺龙，每桌都有几个领导人。"[⑤]冯绍宗也记得，吃饭的时候毛主席、周总理没有参加，刘少奇、贺龙都参加了。冯绍宗和贺龙一桌吃饭。贺龙说："娃娃们，你们到国外给我们争光了，我敬你们一杯。"大家一高兴，就想把贺龙往上扔，后来有人说不行，贺老总年纪大了。[⑥]

饭后跳舞，舒铁民记得这时周总理也来了，毛主席最后到的，和大家握手，毛主席的那个手很柔软。舒铁民去请他们签字，毛主席给他签了字，后来请一个美术家帮他裱了出来。这位美术家对他说："你这个很珍贵！"[⑦]

在这次宴会之后，出国文工团就解散了，所有成员各自回原单位。

---

① 《永远留在心里　欢送苏联文化工作者代表团特写》，《人民日报》，1949年10月30日。
② 《全国文联、文化部欢宴出国文工团》，《人民日报》，1949年11月5日。
③ 王铁锤访谈录。
④ 尚鸿佑访谈录。
⑤⑦ 舒铁民访谈录。
⑥ 冯绍宗访谈录。

第八章　余韵

北京人艺

　　这次出国演出经历，大家开阔了眼界，提高了艺术品位。舒铁民说，他们在莫斯科参观访问之后，认识到中国文工团演的还都是一些小节目，以后不能再这样干了，像北京这样的大城市要搞自己的剧场艺术，一些搞音乐的人也觉得要有自己的民族音乐。[①]所以回来以后，就向苏联学习，搞剧场艺术。1950年初，以华北人民文工团为基础，成立了北京人民艺术剧院（以下简称"北京人艺"），李伯钊任院长，金紫光任副院长。北京人艺成立后即致力于发展剧场艺术，发展新歌剧和话剧，还要开发民族舞剧和民族器乐，所以一开始摊子铺得很大，有歌剧团、管弦乐团、话剧团，还有军乐团、训练部，甚至还有乐器工厂和小卖部。

　　不过那时候还没有舞剧团，民族歌舞团是金紫光一手操办的。他首先从管弦乐团调来舒铁民，吸收了文武场艺人高景池等人，又从北京、上海等地招收了一些音乐人才和民间艺人，成立了一个国乐队，后改称"民乐队"，准备为民族歌剧和舞剧配乐。[②]金紫光当时也在北京文委工作，总理给他一个任务，说："昆曲现在很多艺人很困难，很艰苦，现在解放

---

① 舒铁民访谈录。

② 孟建军：《从"红小鬼"到音乐家——访著名音乐家舒铁民先生》，《乐器》2011年第11期。

了，你搜罗一下把他们都找过来。"①于是金紫光就请来了昆曲四大名角白云生、韩世昌、侯永奎、马祥麟，把他们放在训练部，成立了一个昆曲队，想以此为基础发展中国民族舞剧。舒铁民说，这对中国的民族舞剧发展也贡献非常大："我们中国没有舞剧，戏剧学院搞了一个《和平鸽》是芭蕾舞，但是没有民族舞剧。民族舞剧队就是歌剧院训练部的舞剧队，唯一的一个最早成立专业性的搞舞剧的舞剧队，不光是跳舞，还要演舞剧。舞剧怎么培养？学学民间舞、芭蕾舞，这时金紫光是头儿，昆曲的身段是全戏曲第一的，昆曲是'百戏之王'，唱念做打。所以，这拨人就作为舞蹈演员的基础教练，而且他们编了一些系列性的身段，就是这样起步的，偶尔跟他们一块去演昆曲。"②

1951 年 6 月全国文工团工作会议提出要加强文艺表演团体的正规性和专业性，12 月 17 日北京人艺的歌剧团、民族歌舞团、管弦乐团和中央戏剧学院的歌剧团和舞蹈团合并，成立了中央戏剧学院附属歌舞剧院，李伯钊任中央戏剧学院副院长兼歌舞剧院院长，金紫光任副院长。

周巍峙回国后留在文化部工作，任艺术局办公室主任兼戏剧音乐处处长，不久升任艺术局副局长，主持日常工作。1951 年周巍峙又率文工团到柏林参加第三届世界青年联欢节，并访问东欧各国。1952 年 6 月，中央戏剧学院话剧团并入北京人艺，北京人艺成为一个话剧专业剧院。12 月，从中央戏剧学院歌舞剧院舞蹈团分出一部分演员，组建了中央歌舞团，直属文化部艺术事业管理局领导，周巍峙任团长。不久，又从管弦乐团抽调 20 多名骨干演员，参与组建中央乐团。③1953 年 9 月，中

---

①② 舒铁民访谈录。

③ 程若:《中央歌剧院四十年》,中央歌剧院编:《中央歌剧院院史文集》,1992 年,第 2 页;
孟于:《一路前行一路歌——孟于回忆录》,北京回忆久久文化传媒有限公司,2012 年,第 89 页。

央戏剧学院歌舞剧院脱离中央戏剧学院，成立了中央实验歌剧院，周巍峙辞去艺术局副局长职务，任中央实验歌剧院院长，金紫光任秘书长。1954年夏，东北人民艺术剧院之歌剧团并入中央实验歌剧院。

当时金紫光仍然想搞民族歌舞剧，就在原民族歌舞团的基础上成立了民间戏曲团，由金紫光任团长，在民间戏剧团内保留了一个舞剧组，进行民族舞剧创作实验。但是在中央实验歌剧院内部，对于歌剧发展方向也有"土洋之争"，院长周巍峙主张向西洋歌剧学习。1951年周巍峙又作为团长率领文工团参加了第三届世界青年联欢节，并访问了东欧各国，观看了许多歌舞剧演出，对西洋歌剧的艺术水平非常佩服，希望在西洋歌剧基础上探索出一条民族化的新道路。[1]在周恩来的关怀下，1955年春聘请苏联专家捷敏启耶娃来院教授声乐，王琴舫等人也成为专家班的学员。1956年结业汇报演出西洋歌剧《茶花女》，谷风担任导演，王琴舫也参加了演出。年底《茶花女》在天桥剧院首演，非常受观众欢迎，截至1962年，演出了近200场。[2]王昆参加了第三届世界青年联欢节后，也觉得民族唱法要发展，要提高，就于1954年到中央音乐学院跟苏联专家梅德维捷夫学习俄罗斯学派的唱法。

而金紫光还是坚持搞民族歌舞剧，这就跟周巍峙的观点有点不一致，内部产生不少矛盾。最后周恩来就说，你们老在一起扯皮，干脆分开。于是，就将中央实验歌剧院分为一团和二团，一团以民族唱法为主，二团以西洋唱法为主，民间戏曲团撤销，金紫光带领全部昆曲老师和部分青年演员成立了一个民间戏剧团，梁寒光也于1956年调到上海歌剧院任副院长。后来中央实验歌剧院又在原舞剧组的基础上成立了舞剧团，这

---

① 周巍峙：《序——艰苦创业四十年》，中央歌剧院编：《中央歌剧院院史文集》，1992年，第2—3页。
② 刘诗嵘：《外国歌剧在北京（一）》，《歌剧》2009年第4期。

样中央实验歌剧院就分为歌剧一团、歌剧二团、舞剧团、交响乐团和混合乐团。①当中央要成立北方昆曲剧院时，金紫光参与筹备，就在民间戏剧团和中央实验歌剧院舞剧团的基础上，组建了北方昆曲剧院。②

中央实验歌剧院歌剧一团排演的第一部现代戏是《红霞》，由郭兰英主演，舒铁民担任乐队指挥。1958年5月份开始先到西安、长春、重庆等地公演，回到北京后在和平里一个非常简陋的俱乐部演出。因是郭兰英演的第一出现代戏，周总理也来观看。舒铁民还记得，周总理进来以后就坐到前排一个地方，因为总理两边都是普通观众，现场变得有点不安静了，幕间本来休息时应该开灯，也不开灯了，就接着演下去。观众已经知道周总理来了，戏一演完，灯一亮，总理站起来了，跟着大家一起鼓掌。观众们都不肯离开，周恩来劝大家说："现在太晚了，你们回去睡觉吧，你们回去休息吧，你们的家人还在等你们，要不坐不上电车了。"谁都不走，最后没有办法，安保人员就把总理给领上舞台，向大家致意。总理还在台上接见演出人员，一起照了一张相。总理要走了，可是群众在前门围着总理的车。前门走不出去了，就走后门，可是后门也有观众堵着。僵持了20来分钟。大家就是鼓掌，不说话，也不喊什么口号，最后临时又派了一辆车把总理接走了。③

周总理一直关心民族唱法的发展，郭兰英始终坚持民族唱法，周恩来给了她很大支持和鼓励。王昆在中央音乐学院学习了两年，以优异成绩结业，学会了唱西洋歌剧，却再也唱不了《白毛女》了。周恩来批评她变得"不土不洋"，变了"味"了，对她说："你要走自己的路"，"一定要坚持中国民族的歌唱风格"。④听了周总理的嘱咐，王昆决定重新找

---

① 程若：《中央歌剧院四十年》，中央歌剧院编：《中央歌剧院院史文集》，1992年，第3页。

②③ 舒铁民访谈录。

④ 黄奇石：《人民的歌手——悼念王昆同志》，《歌剧》2015年第1期。

回自己。1962 年舒强导演重新排演《白毛女》，郭兰英和王昆一起扮演喜儿。演出结束之后，北京文艺界举行了座谈会，田汉在会上说："在表演方面，简单地说，王昆有更多的真，当然也有美；郭兰英有更多的美，但也很真实。可不可以这样说，王昆更多本色，郭兰英更多文采？"[1] 1963 年，郭兰英和王昆都举办了个人演唱会。周总理亲自到场听了郭兰英的独唱会，鼓励她大胆尝试，为发扬民族声乐艺术做出贡献。[2]

中央实验歌剧院在 1958 年曾下放北京市领导，1961 年又收归文化部领导，名称改为中央歌剧舞剧院，又改为中央歌舞剧院。该院从 1957 年就酝酿分成两个剧院，1962 年春周总理在一个只有周扬、林默涵、赵沨等三五个人的小范围内作了讲话，主张将中央歌剧舞剧院分为两个剧院，确立了"中西并存，民族为主，各自发展，先分后合"的方针。[3] 1964 年 3 月文化部正式决定将中央歌舞剧院分为中国歌剧舞剧院和中央歌剧院，以歌剧一团、舞剧团和混合乐团为基础组成中国歌剧舞剧院，马可任院长；以歌剧二团和交响乐团为基础，联合北京芭蕾舞团组成中央歌剧院，赵沨任院长，戴爱莲、黎国荃任副院长。

青艺

青艺成立之初，吴雪就派人到上海招人，招来了石羽、路曦、王班等一大批著名演员和舞美人员，七八月份上海学联也组织一批文艺青年加入了青艺，廖承志还亲自请来了金山、张瑞芳、孙维世等人，来自解放区和

---

① 黄奇石：《也谈郭兰英之一——先辈名家"评郭"》，《歌剧》2015 年第 2 期。
② 黄奇石：《我的"郭兰英印象"——也谈郭兰英之三》，《歌剧》2015 年第 4 期。
③ 赵沨：《深深怀念在中央歌剧舞剧院工作的几年》，中央歌剧院编：《中央歌剧院院史文集》，中央歌剧院，1992 年，第 28—29 页。

来自原国统区的两方面艺术人才汇聚在青艺,称为青艺队伍的"南北会师"。

吴雪回国后任青艺副院长,任虹也是五人院委会成员之一。雷平、朱奇、鲍占元留在青艺继续当演员,而邓止怡到四川雅安、西昌参加民主建政工作。廖承志的理想是要把青艺建成全国最好的剧院,要不断有示范性的戏剧演出。[①]吴雪也决心把青艺建成莫斯科大剧院和小剧院那样的话剧圣殿。在吴雪的倡导下,青艺掀起了向苏联话剧学习的热潮,不断上演新剧目。于是,青艺就搞剧场艺术,演话剧。1950年3月演出宋之的的《爱国者》,5月恢复演出延安青艺的保留剧目《抓壮丁》,9月又演出话剧《保尔·柯察金》。经过几年的积累,1954年11月18日起在全国率先实行剧目轮换演出制。每周一、周三、周五轮换上演新剧目,受到领导和广大观众的欢迎与称赞。

另一方面也搞普及,廖承志号召用专业和普及两个拳头来建设剧院。当时吕正操担任铁道部第一任部长,希望用革命文艺来动员铁路职工,于是他就萌生了把火车改成"文化列车"的想法,派一个文艺工作队,沿铁路线到各地去,一边演出,一边动员群众。因廖承志是团中央负责人,就把这个想法跟廖承志说了,廖承志一听就说:"这个想法好,但得选一个比较年轻的,有战斗力的,有为群众服务经验的队伍,我们有一个东北文工二团,在东北解放战争里面搞了三年的锻炼,我们青艺出人,你铁道部出车,我们组织'文化列车'好不好?"于是双方达成协议,由青艺出人,铁道部出车,把四个卧铺车厢分别改装成餐车、卧车、放听车和排练车,然后在车上写上"铁道部青年文化列车"字样。本来叫"铁道部团中央文化列车",报到廖承志那里,廖承志将"团中央"三字划掉了,吕正操又加上"青年"二字,以体现与青年团的关系。这

---

① 余林:《青艺的奠基人——忆老院长廖承志同志》,《艺耕集》,中国戏剧出版社,1984年,第2页。

个"文化列车"搞了一年零四个月，往南到过广州、武汉、柳州、衡阳，往北到过沈阳、哈尔滨、安东。

1950年10月，青艺派出44人参加抗美援朝，到沈阳后编入东北军区后勤部政治部文工团，到朝鲜前线慰问演出。11月，青艺还组织"文化服务团"，到江西、湖南等省的革命老区慰问演出。1953年10月派出第三届赴朝鲜慰问团，青艺也派出了一支40多人的演出队，在前线演出《四十年的愿望》，并创作了《钢铁运输兵》。1954年，青艺还曾受文化部委托，举办舞台美术训练班，全国有20多个话剧院团来人学习。1958年下半年，青艺再次举办表演学员班和舞美学员班。

1954年，邓止怡与陈颙、盛毅、齐牧冬、周来等人被派到苏联学习。邓止怡在卢那卡尔斯基戏剧学校导演专业学习，回国后在青年艺术剧院担任导演。1957年青年艺术剧院演出江汗的《三星高照》，就由邓止怡担任导演，于真是副导演，冯绍宗、鲍占元、朱奇等是主要演员。[1]后来还导演了《全家福》《霓虹灯下的哨兵》《豹子湾战斗》《曙光》《于无声处》《权与法》等戏。于真后来调离青艺，而在她之前，田雨已经调离，邓止怡一直留在青艺。

尚鸿佑回国后在青艺附属舞蹈团工作，这个舞蹈团是在儿童队的基础上成立的，从上海请人来教他们舞蹈，还有一对白俄夫妻，其中一个叫伊琳娜，教他们芭蕾舞，还有剧团的老师们来教他们戏曲。经过两年多，1952年青艺正式成立儿童剧团，原东北文工二团儿童队成员基本上都进了儿童剧团。尚鸿佑说，当时儿童剧团的演出很受孩子们的欢迎，常常围着不走，很多人就提出中国也应该成立一个儿童剧院，大家都挺兴奋，挺冲动地就提出了建议书，没想到被领导采纳了，就在1956年以青艺儿

---

① 鲍占元：《从老赵头到沈逸民——忆杨克同志》，《艺耕集》，中国戏剧出版社，1984年，第241—242页。

童剧团为基础成立了中国儿童艺术剧院（以下简称"儿艺"），任虹做院长。田雨也调到儿艺任编导，1961 年又调到东方歌舞团任副团长。儿艺建立后排的《小白兔》还是孙维世导演的，后来尚鸿佑也成为儿艺的导演。1958 年，政府又将创办于 1921 年、坐落在东安门大街的真光电影戏院交给儿艺管理使用，当时名叫"北京剧场"，1959 年更名为"中国儿童剧场"，请宋庆龄题写了场名。范景宇也于这一年调入儿艺，任编剧。曾经担任青艺少儿队队长的罗伯忠后来担任青艺行政处副处长、副书记，1983 年调入儿艺，次年离休。

　　1958 年青艺划归北京市委领导，1959 年初实行党委领导下的院长负责制，成立第一届党委，由吴雪任书记，白凌任副书记。1962 年青艺重新划归文化部领导，由吴雪任院长，邓止怡、金山和石羽三人担任副院长。1966 年 1 月，青艺与中央实验话剧院合并，成立新的中国青年艺术剧院，舒强任院长，白凌任代政委。

华大

　　回国后不久，到 1949 年底，华北大学也就结束了。经政务院批准，以华北大学、华北人民革命大学、政法干校为基础，筹建中国人民大学。

　　1949 年 11 月，华大三部脱离华北大学，副主任光未然（张光年）带领部分干部教师和戏剧专业、文工一团、文工二团的大部分成员参加筹建中央戏剧学院，其中文工一团改建为中央戏剧学院歌剧团，11 月 19 日正式成立，丁帆、王小寿等在这个歌剧团工作。王小寿这时开始学习小提琴、短笛，最后才决定专修双簧管。1950 年底丁帆参加抗美援朝，上了朝鲜战场。后来中央戏剧学院歌剧团并入中央实验歌剧院，又发展为中央歌剧院和中国歌剧舞剧院。王小寿一直在中国歌剧舞剧院工作，1957 年和 1960 年两次进外国双簧管专家任教的进修班学习，后来成为中国歌剧舞剧院管弦乐队优秀的双簧管演奏家，1957年录制了唱片《牧羊姑娘》，这是中国最早录制唱片的双簧管独奏节目，他演奏的《牧羊姑娘》《小放牛》和《秋收》等也成为中央人民广播电台经常播放的音乐节目。[1]

华大文工团二团被改建为中央戏剧学院话剧团，以戏剧专业舞蹈班为基础建立了中央戏剧学院舞蹈团，将原各单位乐队合并组建了中央戏剧学院乐队。

1949年10月，中央决定将南京国立音乐学院、国立北平艺术专科学校音乐系、东北鲁迅文艺学院音乐系、华北大学三部（文艺部）音乐系，以及香港、上海中华音乐院和汤雪耕在上海领导的"中国音乐院"等多所音乐教育机构在天津合并成立一所新的专业音乐教育机构——国立音乐学院，因此华北大学三部音乐系及文工一团的李焕之、李元庆、方仟、韩里、韩宗和等干部、教师和200多名学员分三批迁到天津。12月18日，国立音乐学院改名为中央音乐学院，内部分为学习部、研究室（后改为"研究部"）和音乐工作团，华北大学三部音乐系和文工一团成员大多参加了音乐工作团，李焕之任团长，并为创作组成员，孟于为音工团独唱演员，曾任音工团歌咏队队长，吴竞为音工团乐队副队长。[2]

音工团也曾组织"文化列车"，沿京汉铁路到各地巡回演出。1951年初，孟于与王昆一起为电影《白毛女》配唱，后来该片于1957年获文化部1949—1955年优秀影片一等奖。1951年4月孟于还参加了第一届中国人民赴朝鲜慰问团总团的文工团第三分队，赴朝鲜慰问演出。[3]孟于演唱的《慰问志愿军小唱》（管桦词、张鲁曲）很受欢迎，被誉为阵

---

① 王俊、王铎：《记双簧管演奏家王小寿》，《人民音乐》1980年第9期。

②③ 宋学军：《短暂而辉煌的一部团史——记中央音乐学院音工团》，《中央音乐学院学报》2010年第4期。

地上的"百灵鸟"。①彭德怀听了后指示："这支歌马上灌成唱片，送到朝鲜，要让我战士都能听到。"②回国后，又与仲伟、王铁锤等一起参加了赴第三届世界青年联欢节演出的文工团。孟于在歌剧《董存瑞》中扮演村姑小红。仲伟还以一曲《新疆好》荣获联欢节金奖。③歌剧《白毛女》也在世界青年联欢节上演出，贺敬之、丁毅作为剧本创作者获得了斯大林文学奖二等奖。④

孟于在参加第三届世界青年联欢节中因身体原因提前回国，中国青年文工团则在访问东欧9个国家后，于1952年9月才回到国内。当时中央文化部正在筹组中国歌舞团，于是将音工团调到北京，与中央戏剧学院舞蹈团以及参加第三届世界青年联欢节的中国青年文工团部分人员一起，于1952年12月成立了中央歌舞团，由周巍峙任团长，李凌、戴爱莲任副团长，李焕之任艺术委员会主任。孟于也被调到中央歌舞团，担任独唱演员，同时担任艺术处副处长。⑤

1953年春节，在中南海怀仁堂聚会的时候，部分青年演员向周恩来总理提出希望有到专业院校进修的机会，于是中央音乐学院在1954年举办了干部进修班，孟于与王昆、张鲁、沈亚威等人都是第一期的学员，1958年毕业后，孟于又回到中央歌舞团。王铁锤在1953年调入中央实验歌剧院。1955年曾参加第五届世界青年联欢节，与刘泉水、刘仲秋、张宗孔演奏的河北吹歌管乐四重奏《小二番》《小磨坊》获得二等奖，

① 王惠玲：《歌声不老话孟于》，《党史博采》，1996年第1期。

② 孟于、黄大岗：《恩师吕骥》，《人民音乐》2010年第10期。

③ 杨曙光：《歌唱家音乐教育家仲伟》，《中国音乐（季刊）》2006年第2期。

④ 刘雪妍：《"十七年"时期中国歌剧大事记》，《云南艺术学院学报》2015年第2期。

⑤ 宋学军：《短暂而辉煌的一部团史——记中央音乐学院音工团》，《中央音乐学院学报》2010年第4期。

他的笛子独奏《喜相逢》《黄莺亮翅》获得三等奖。[1]仲伟也在这一年参加了赴朝鲜慰问团，回国后，1955 年被派往苏联莫斯科柴可夫斯基音乐学院学习，1962 年回国后到中央歌舞剧院工作，次年秋调到辽宁省歌剧院工作。

中央歌舞团成立后，在业务上发展得很快。1956 年，以中央歌舞团管弦乐队和合唱队为基础，成立了中央乐团（包括交响乐及合唱队）。1958 年中央歌舞团的陕北民歌合唱队转到延安歌舞团。1960 年又将民族管弦乐队和民歌合唱队分出，单独成立了中央民族乐团，王铁锤调入中央民族乐团工作，成为专业笛子独奏演员，后来成了著名的笛子演奏家。1962 年 1 月，以中央歌舞团东方舞蹈班及乐队为基础，成立了东方歌舞团。王昆在这时调入东方歌舞团，担任独唱演员，同时担任艺术委员会主任。这年 12 月 29 日，东方歌舞团的王昆、仲伟等 11 位著名女高音歌唱家在政协礼堂举办了音乐会。

1996 年 2 月，中央歌舞团与 1984 年成立的中国轻音乐团合并，改称中国歌舞团。2005 年 7 月 28 日，中国歌舞团和东方歌舞团合并，成立了中国东方歌舞团，中央歌舞团从此彻底走入了历史，成了人们的记忆。

华大文工三团还有部分干部到了北京电影制片厂等中央电影局系统工作。孙铮则到上海电影制片厂任演员。她丈夫莫朴这时在杭州工作，因江丰于 1949 年 11 月带领华大三部美术系莫朴等十几名教员到杭州接管了杭州艺术专科学校，该校后来发展为中央美术学院华东分院，莫朴任副院长。华东分院后来又改为浙江美术学院，莫朴继续担任院长。后

---

① 孙燕：《从草根到华堂——王铁锤艺术实践与身份转换》，中国艺术研究院 2013 届硕士学位论文，2013 年 5 月，第 16 页。

② 刘向兵、付春梅整理：《华北大学的历史贡献》，人大新闻网。

来浙江美术学院又改为中国美术学院。[②]华北大学三部美术系的主体则在1949年11月与徐悲鸿担任校长的国立北平艺术专科学校合并，成立了国立美术学院，1950年1月正式定名为中央美术学院。

内蒙古文工团

斯琴塔日哈回到内蒙古文工团后，1950年凭借在《黄花鹿》中的出色表演，成为该团的台柱子，《黄花鹿》也成为新中国成立一周年庆祝晚会的开幕节目。

1951年初，斯琴塔日哈与宝音巴图、何芸等人被派到中央戏剧学院崔承喜舞蹈研究班学习。崔承喜是朝鲜族著名舞蹈家，她带领弟子精心制作了一台朝鲜族舞蹈，周游世界，所到之处，大获成功。斯琴塔日哈后来提起这段学习经历时说，"对我来说进北京能在（崔承喜）先生身边学习简直如同进入了人间天堂。每天的课程都是过去闻所未闻、见所未见的新鲜东西：芭蕾舞、新兴舞、南方舞、朝鲜舞、中国舞，异彩纷呈，使人眼花缭乱。"[①]1952年秋，崔承喜离开北京回朝鲜去了。

1954年9月北京舞蹈学校成立后，斯琴塔日哈又考入北京舞蹈学校干部班学习。1955年该校创办舞蹈编导班，邀请苏联专家维·伊·查普林、彼·安·古雪夫先后来校任教，贾作光也到舞蹈编导班学习。1955年夏，由贾作光编导，斯琴塔日哈与梁慧敏领舞的集体舞《鄂尔多斯舞》曾在华沙第五届世界青年联欢节上获得民族民间舞蹈金质奖章。[②]

1956年秋，斯琴塔日哈从北京舞蹈学校毕业，又回到内蒙古歌舞团。

---

① 斯琴塔日哈：《缅怀崔承喜先生》，《舞蹈》2002年第3期。
② 陆泽群：《北京舞蹈学院四十年历程》，《北京舞蹈学院学报》1994年第1期。

1958 年贾作光调入北京，任中央民族歌舞团团长，斯琴塔日哈升任内蒙古歌舞团副团长。1961 年，由贾作光原创、斯琴塔日哈改编、莫德格玛表演的《盅碗舞》演出获得成功，并在荷兰举行的第七届世界青年联欢节上获得金奖。①

---

① 乌兰杰：《斯琴塔日哈的艺术道路——〈斯琴塔日哈蒙古舞文集〉（节选）》，《内蒙古大学艺术学院学报》2008 年（第 5 卷）第 4 期（总第 18 期）；珊丹：《试谈蒙古族舞蹈家斯琴塔日哈的艺术成就》，《内蒙古大学艺术学院学报》2008 年（第 5 卷）第 4 期（总第 18 期）。

亲历者的感想

孟于

亲历者孟于，摄于 2017 年，95 岁

感谢可贵的记载！

新中国成立前夕，党中央成立了"中国民主青年代表团"赴匈牙利参加第二届世界青年联欢节。在开幕式上，当广播响起："胜利了的中国人民代表团入场了！"看台上的几万名观众全体起立，热烈鼓掌、欢呼。我们深受感动，深切地体会到作为新中国的一名青年无比自豪。

为扩大对新中国的宣传，我们在剧场、广场、街头表演，深受各国人民欢迎。同时我们也观摩了许多国家的歌舞表演，还参加了音乐、舞蹈比赛，中国有四个节目获奖。

联欢节结束后，我们到苏联观摩了高水平的歌剧、话剧、芭蕾舞剧等节目，深受感染、感动，大开眼界，加深了我们对艺术的了解。这些经历对于新中国艺术事业的发展起到了非常积极的作用。

9 月 30 号晚上 9 点，代表团回到北京。临时安排全体团员住在澡堂，10 点才全部安顿好。这时李伯钊同志通知大家："明天集体参加开国大典。"团员们为能亲身参与、见证新中国成立仪式而兴奋得欢呼雀跃。第二天，全体团员在亲眼看到、亲耳听到，毛泽东主席宣布"中华人民共和国中央人民政府今天成立了！"这句标志着占世界人口四分之一的中国人民从此站立起来了的口号的时候，我们同其他全国人民一样对新中国的诞生感到无比自豪、激动！

文化部离退休人员服务中心的领导，积极支持我们要把这段历史过程作为史料保留下来的建议，并召开了专题座谈会，组织工作人员到中央档案馆抄档案，投入了大量的人力、物力，尽可能地将能收集到的相关资料收集完整。难能可贵的是，有几位亲身经历第二届世青节的同志，还保存有当年的日记资料，成为汇编工作的重要参考文献。中心将资料汇集后，又专门聘请北大历史系教授再次进行资料的收集和汇编整理工作，最终成册。

在此，我们这些当年的参与者，对离退中心领导及参与此项工作的同志们表示衷心的感谢！

鲍占元

亲历者鲍占元，摄于 2017 年，90 岁

我年纪大了，脑子有些糊涂了。参加第二届世界青年联欢节的经历已经是近 70 年前的事情了，我们这些亲历者难免有记得不准确和不清楚的地方。感谢离退中心和北京大学的王教授，在我们提供的比较有限的回忆资料的情况下，花费大量的人力、物力查找并核实当时的历史档案和资料，最终集成此书。

期待此书早日出版，感谢所有参与此项工作的同志！

黄晓菜

亲历者黄晓菜，摄于 2017 年，89 岁

这是中国文艺史上"光辉的一页"。1949 年 7 月，参加第二届世界青年联欢节这一活动，是中国共产党领导的青年代表团第一次走出国门、走向世界，向世界展示中国青年的光彩，也是我革命生涯中第一次出国工作，参加出国文工团的"腰鼓舞""大秧歌舞""小合唱"和"小秧歌剧"的演出等工作。我为能成为新中国文艺在世界上第一次展示风采的其中一员而感到无上光荣与幸福。

当时出国文工团的节目中，最受欢迎、最让世界惊讶的是"大秧歌舞"和"腰鼓舞"。它的服装美丽、动作飘逸潇洒，充分体现了中国的民族性、民间性和集体形式舞蹈特点。从舞姿到音响，再到演员们整齐、热烈、响亮、豪迈、英武的表演，都让世界人民感到新奇、震撼，大受欢迎。这两种表演形式不仅可以在剧场里、在广场上表演，在街道上也可以上演，所以很受各国代表团的重视，更受当地群众的称赞。他们随着我们的表演节奏鼓掌、欢呼，感受它的新奇、壮观。

半个世纪已过去，我每每回忆当时的情景都深深为我们的祖国、我们的民族感到骄傲和自豪！

舒铁民

亲历者舒铁民，摄于 2017 年，88 岁

离退中心做了一件好事，一件功德无量的事，还原了那段历史，做了大量的工作。遗憾的是很多同志都不在了。如果再过几年，那段历史就没有人知道了，希望这本书早日面世。祝贺同志们工作顺利！

肖芋

亲历者肖芋，摄于 2017 年，88 岁

《文艺先声》这份文稿很好，把新中国成立前第一次对外文化交流——出国文工团的情况，从缘起、组团、准备、旅途、演出得奖到归国都做了记载。这是文化和旅游部离退中心与北大历史系合作落实部领导的决定（孟于同志曾向部领导建议：赶紧将这段历史整理出来）。看来离退中心真是下了很大功夫：召开座谈会、图片扫描、与北大历史系的同志合作、查阅大批档案文件、精心细致选取……

第一次对外文化交流的历史资料留住了。要向所有参与这份工作的同志致敬！文稿中自然地引出了当年各文艺单位的历史活动，这些情况可能为今后研究文艺发展史提供宝贵的历史资料。

今天重温新中国成立前出国文工团的历史，使我又回忆起当年出国前及回国后毛主席、党中央领导接见我们时的幸福感。这是有生不忘的荣幸和记忆。还有那中国代表团在世界青年联欢节的入场时，全场同声用中文有节奏地欢呼："毛泽东！毛泽东！"我举着红旗前进，感到作为一个中国人的自豪！我还记得那个年代，每个人都必须完成组织交给的任务。代表团领导对纪律要求非常严格：不许单独行动；个人不准对外发表讲话；不准签名（怕有坏人利用造谣）；遇有签名只写"和平""友谊"。我的任务是管好团里的公用箱子，每到一地负责搬运、清点数目后向领导报告。还参加合唱腰鼓、秧歌演出，腰鼓获得了集体奖，颁发了获奖证书。

我 1946 年作为一个 16 岁的学生参加东北文工二团，是在老同志的培养下成长的。这些老同志、老党员真不愧是一粒种子，放到哪里就在哪里生根、发芽、开花、结果。是他们为新中国的文艺事业打下了基础，为文艺事业做出了历史性贡献。我们要继承他们的革命精神，在新形势下，在以习近平同志为核心的党中央领导下，在新长征的路上，相信文艺事业会更加辉煌！

冯绍宗

亲历者冯绍宗，摄于 2017 年，86 岁

我们都认为"出国文工团"这段历史是珍贵的，当时党中央很重视这件事。在新中国成立的前夕，毅然决定派出一个上百人的代表团参加世界青年联欢节，

向社会主义阵营和世界青年介绍、宣扬中国革命的胜利成果，是有重大意义的，应当保留下来。但搁置几十年无人问津，几乎被遗忘了。是文化和旅游部离退中心的同志们以抢救文化遗产的心态，下决心把这段历史资料整理出来留存后世。中心投入人力、物力、财力，做了大量的工作，才有了现在的成果，这是很不容易的，很值得庆贺的。

它在中国文艺发展史中占有重要的位置，对新中国成立后的文艺事业发展有着重要的影响。将这次活动作为史料永远地存留下来是具有远见卓识的明智之举，你们做了一件很有意义的工作。

历史将感谢你们！

后人将感谢你们！

文艺老兵们更要感谢你们！

王铁锤

亲历者王铁锤，摄于 2017 年，85 岁

新中国成立前中国共产党第一次大型文艺代表团出访纪实内容丰富，生动感人。我今年 86 岁了，阅读此书，美好的回忆、往事，历历在目，感到无比的亲切并深受鼓舞。对文化和旅游部离退中心编辑出版此书表示由衷的感谢！

朱奇

亲历者朱奇，摄于 2017 年，85 岁

读了《文艺先声》这份资料很高兴，也很兴奋。非常感谢把这段历史用如此细腻丰富的文字留存下来。向所有参与这个工作的同志们致敬！

尚鸿佑

亲历者尚鸿佑，摄于 2017 年，80 岁

拜读过此文后颇多感慨：新中国成立初期，乃至延安、东北解放战争时期的革命文艺工作发展、成长的过程历历在目。此文资料丰富翔实，很有价值。回顾这段历史很有教育意义。

总体来说，本文把这段历史事实描述得清楚明晰，我们虽是亲历见证者，也难以个人之力记述得这么周全。

感谢执笔者辛勤劳动！大功一件！大功一件啊！向他们致敬！

图片资料

出国前、途中及抵达匈牙利布达佩斯

图片资料由参与口述的健在的当事人孟于、冯绍宗、王铁锤、黄晓棻、舒铁民等人提供。

★孟于保存的中国民主青年代表团
团徽

★黄晓棻保存的"中国民主青年代表团
出席世青大会"代表胸标

★舒铁民中国民主青年代表团护照

★时任北平市市长叶剑英为中国民主青年代表　★黄晓菜中国民主青年代表团护照
团团员签发的护照（舒铁民）

★ 1949 年 7 月 25 日中国民主青年代表团抵达哈尔滨火车站

★ 1949 年 7 月 26 日晚哈尔滨市委举办欢迎中国民主青年代表团大会

★在欢送会上萧华和李伯钊接受献花：
前排左起1.萧华　2.李伯钊；第二排右起1.郭兰英　2.雷平　4.黄晓棻

★中国民主青年代表团在哈尔滨欢送会上

★中国民主青年代表团到达布达佩斯火车
站、匈牙利军乐队奏乐欢迎

★中国民主青年代表团入场式

★中国民主青年代表团在匈牙利暂时驻地前（学校教室）合影：
第一排左起1.冯绍宗 6.韩冰 7.尚鸿佑 8.于真；第二排左起1.肖芊 3.孟于 7.李波 9.孙铮；
第四排右起1.朱奇 2.唐荣枚；最后一排右起1.李伯钊 9.金紫光 11.丁里

★代表团团员身份证卡、通行卡封面：持卡可免费乘车、参加活动和参观

★联欢节颁发的身份卡正面（黄晓菜留存）　　　　★联欢节颁发的身份卡背面（黄晓菜留存）

★联欢节颁发的身份卡正面（舒铁民留存）　　　　★联欢节颁发的身份卡背面（舒铁民留存）

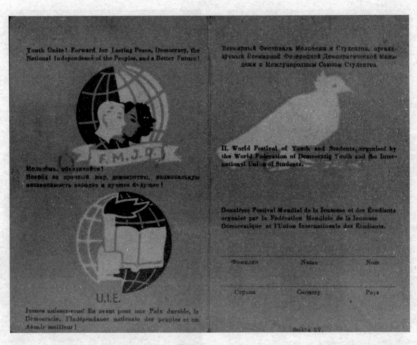

★联欢节颁发的纪念卡，每人都有（黄晓棻留存）

第二届世界青年联欢节会标及入场式

★第二届世界青年联欢节宣传标志

★第二届世界青年联欢节宣传画

★中国民主青年代表团代团长萧
华在开幕式上发言

★第二届世界青年联欢节全景

★第二届世界青年联欢节入场式全景（一）

★第二届世界青年联欢节入场式全景（二）

★第二届世界青年联欢节入场式（一）

★第二届世界青年联欢节入场式（二）

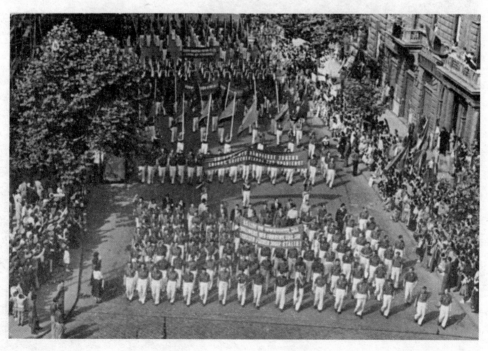

★参加世界青年联欢节的各国代表团（一）

★参加世界青年联欢节的各国代表团（二）

★中国代表团以八一军旗作为旗帜

★中国民主青年代表团入场式：旗手冯绍宗

★参加第二届世界青年联欢节入场式的中国代表团（一）

★参加第二届世界青年联欢节入场式的中国代表团（二）

★参加第二届世界青年联欢节入场式的中国代表团（三）

★参加第二届世界青年联欢节入场式的中国代表团（四）

文艺先声 中国共产党第一次大型文艺代表团出访纪实

★中国民主青年代表团入场式

★中国民主青年代表团入场式 右起 1. 雷平 2. 朱奇 3. 于真 4. 孟于 5. 吴雪 7. 贺敬之

演出和获奖照片

★英雄广场中国歌舞表演秧歌舞
第一排左起1.王昆　2.黄晓棻　3.郭兰英　4.孟于；第二排左起1.殷韵含　2.仲伟

★英雄广场中国歌舞表演秧歌舞　左起2.黄晓棻　4.郭兰英

★英雄广场中国歌舞表演
第一排左起1.孟于　2.仲伟　3.张静　4.于真　5.韩冰
第二排左起1.郭兰英　2.朱奇　3.雷平　6.黄晓棻

★英雄广场中国秧歌舞表演
左起 1.韩冰　2.于真　3.雷平　4.殷韵含　5.黄晓菜　6.王昆　7.孙铮　8.张静
9.朱奇　10.孟于　11.仲伟　12.郭兰英

★英雄广场中国秧歌舞表演

★英雄广场中国秧歌舞表演
第一排左起 1. 于真 2. 孟于 3. 韩冰 4. 仲伟；
第二排左起 1. 殷韵含 2. 雷平 3. 孙铮 4. 张静 5. 朱奇

★英雄广场中国秧歌舞表演 左起 1. 孟于 2. 朱奇 3. 于真

★英雄广场中国秧歌舞表演　左起 1. 孟于　2. 张斗云

★英雄广场中国民主青年代表团将中国民间吹管乐器演奏推向世界
音乐舞台　左起 1. 王小寿　2. 王铁锤　3. 吴峰

★英雄广场表演者合影
第一排左起 1. 王小寿　2. 任虹　3. 吴峰　4. 王铁锤
第二排右起 1. 边军　2. 梁寒光　3. 马可　4. 李刚　5. 金紫光　6. 周家洛　7. 李焕之

★英雄广场中国秧歌舞表演者　左起 1. 谷风　2. 贾作光　3. 肖苇

★匈牙利出版的世界青年联欢节演出秩序册中，中国文工团照片
中国文工团表演大秧歌舞《胜利腰鼓》

★匈牙利出版的世界青年联欢节宣传画册中，中国文工团照片
上排：中国文工团表演大秧歌舞；下排：左起4.贾作光跳《牧马舞》　5.吴坚跳《大秧歌舞》

★匈牙利出版的世界青年联欢节宣传画册中，中国文工团照片　冯绍宗

★匈牙利出版的世界青年联欢节宣传画册：以冯绍宗为原型设计的封面，送给他本人作为纪念。中间打腰鼓的人物原型为冯绍宗

★中国民主青年团获奖者合影留念
左起1. 李波获二等文艺奖《翻身道情》；2. 获集体项目特别优等奖杯《胜利腰鼓》，叶央代表领奖；
3. 郭兰英三等文艺奖《妇女自由歌》

★获奖者合影留念 左起1. 郭兰英 2. 王铁锤 3. 朱奇

★获奖者合影留念
第一排左起 1. 李波 2. 郭兰英 3. 王铁锤 4. 朱奇 5. 叶央
第二排左起 1. 马可 2. 殷韵含 3. 黄晓荥

★匈牙利青年赠送中国青年代表团礼物 左起 4. 萧华

国际友人、队员间的合影

★萧华代团长在中国代表团与希腊代表团联欢
时讲话

★萧华代团长与希腊女青年合影

★与国际友人合影 第一排左起1. 舒强　3. 李伯钊

★与国际友人合影 第一排左起2. 孟于　4. 于真；第二排左起2. 仲伟　4. 韩冰　5. 田雨；第三排左起1. 李波　2. 朱奇　3. 孙铮　4. 雷平　6. 王琳

★与国际友人合影 左起1.于真 3.孟于

★与国际友人合影 左起1.丁里 3.陈家康 4.孟于

★与国际友人合影　第一排左起2.孟于　4.萧华　6.韩冰；第二排左起1.叶央　6.肖芊

★与国际友人合影　左2.尚鸿佑

★舒铁民在匈牙利布达佩斯医院与病友和来探视的瞿维合影 （1949 年 8 月 24 日） 前排 1. 舒铁民

★与国际友人合影 左起 2. 雷平 3. 匈牙利翻译

★代表团成员蒙古族人斯琴塔日哈与乌云合影

★与国际友人合影 左起 1.朱奇 3.贾作光 5.仲伟 6.丁帆 8.雷平 10.谷峰

★与国际友人合影 左起2.肖苇 3.仲伟 4.贾作光 5.张静 8.吴雪

★与国际友人合影 第一排左起3.尚鸿佑；第二排左起1.李伯钊

★与国际友人合影：
第一排左起 5.于真　8.郭兰英　10.雷平；第二排左起 5.李伯钊　7.舒铁民　8.孟于　10.尚鸿佑
12.殷韵含　13.韩冰　14.斯琴塔日哈　15.黄晓菜　16.李杰　17.乌云　20.张尧

★李伯钊（右1）、郭兰英（左2）与国际友人合影（仲伟女儿赵珊珊提供照片）

★仲伟（左1）与李波（右1）、张静（右2）
（仲伟女儿赵珊珊提供照片）

★仲伟（右2）与朱奇（右1）、雷平（左1）、张静（左2）与国际友人合影
（仲伟女儿赵珊珊提供照片）

★牟作云与仲伟、边军合影 左起 1.牟作云 2.仲伟 3.边军（仲伟女儿赵珊珊提供照片）

★仲伟与萧华等合影 左起 5.仲伟 6.萧华（仲伟女儿赵珊珊提供照片）

在苏联参观

★ 1949 年 9 月在苏联莫斯科参观、访问：莫斯科大剧院门口
左起 1. 李焕之 2. 丁里 3. 张水华 5. 吴雪 6. 李伯钊 7. 周巍峙 8. 任虹 9. 金紫光 10. 舒强

★ 1949 年 9 月在苏联莫斯科参观、访问
左起 4. 韩冰 5. 孟于 6. 乌云 8. 李伯钊 14. 尚鸿佑 16. 朱奇 17. 郭兰英 18. 仲伟
19. 于真 20. 舒铁民

★ 1949 年 9 月在苏联莫斯科参观、访问时在下榻的酒店前合影

★ 1949 年 9 月在苏联莫斯科参观、访问

★ 1949 年 9 月在苏联莫斯科参观、访问 第一排左起 1. 郭兰英　2. 李伯钊　5. 朱奇

★ 1949 年 9 月在苏联莫斯科参观、访问：莫斯科大学楼前合影
第一排左起 1. 前民　3. 吴雪　7. 舒铁民　8. 郭兰英　9. 王琳　10. 李伯钊　11. 乌云
13. 王铁锤　15. 孟于　17. 肖苙　18. 于夫　19. 王小寿；
第二排右起 2. 张水华　6. 董小吾　7. 边军　8. 沈亚威　9. 萧磊　10. 张尧　11. 孙铮

★ 1949 年 9 月在苏联莫斯科参观、访问 右起 3. 孟于 5. 李伯钊

★ 1949 年 9 月在苏联莫斯科参观、访问：莫斯科高尔基文化公园之斯大林生平展
左起 1. 乌云 5. 孟于 6. 仲伟 9. 于真

★ 1949 年 9 月在苏联莫斯科参观、访问：克里姆林宫大宴会厅
左起 9. 李伯钊　10. 孟于　11. 尚鸿佑　14. 郭兰英

★ 1949 年 9 月在苏联莫斯科参观、访问

★ 1949 年 9 月在苏联莫斯科参观、访问：中国青年代表团在莫斯科克里姆林宫前莫斯科河大石桥合影（1949 年 9 月 15 日）

★ 1949 年 9 月在苏联莫斯科参观、访问：苏联文化代表团团长法捷耶夫在作家协会室内会见出国文工团

第一排左起 2. 王昆　4. 李伯钊　5. 法捷耶夫　6. 吴雪　7. 雷平　9. 李波

第二排左起 1. 贾作光　6. 吴坚　7. 周巍峙　8. 边军　11. 沈亚威　12. 任虹　13. 叶央

14. 瞿维　15. 舒强　17. 王琳　18. 董小吾　19. 金紫光

★ 1949 年 9 月在苏联莫斯科列宁山上参观莫斯科大学

★ 1949 年 9 月在苏联莫斯科参观、访问

回国后

★回国后，李伯钊请大家在共青团中央门口集体留影
第一排左起2. 黄晓棻　7. 郭兰英
第二排左起5. 王铁锤　8. 冯文彬　9. 廖承志　10. 李伯钊　12. 孟于　13. 韩冰　14. 于真
15. 李波　16. 仲伟　17. 朱奇　18. 殷韵含
第三排左起1. 张水华　6. 吴坚　7. 叶央　9. 李刚　10. 吴雪　13. 邓止怡　15. 贺敬之
16. 周巍峙　17. 丁帆　18. 李杰　22. 周加洛
第四排左起4. 王小寿　5. 王琴舫　8. 冯绍宗　9. 前民　12. 舒强　13. 于夫　15. 马可　19. 谷峰

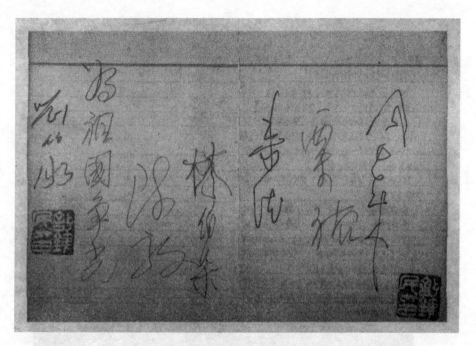

★回国后国家领导人接见代表团时的签名（舒铁民保存）

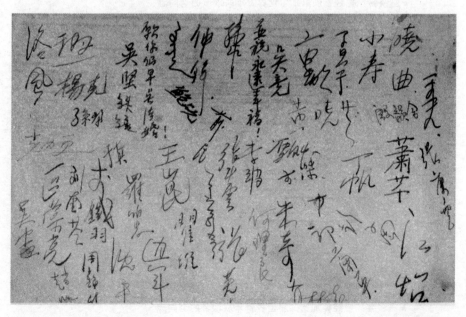

★文工团、代表团部分团员签字

座谈会照片

★座谈会：曾经参加第二届世界青年联欢节的老同志
左起 1. 尚鸿佑　2. 肖芊　3. 黄晓菜　4. 冯绍宗　5. 王铁锤
右起 1. 鲍占元　4. 朱奇　5. 舒铁民

★座谈会：曾经参加第二届世界青年联欢节的老同志
左起：1. 肖芊　2. 黄晓菜　3. 冯绍宗

★座谈会 左起 1.舒铁民 2.孟于

★座谈会 左起 1.尚鸿佑 2.肖芊 3.黄晓菜

后 记

2014年，当时的文化部离退休人员服务中心在进行"老艺术家口述历史"访谈过程中，孟于提出了把参加第二届世界青年联欢节的中国青年文工团的相关历史整理出来的希望。在离退中心历届领导陆耀儒、白永新、李泽林的支持下，根据孟于开列的当年参加过联欢节且仍然健在的老艺术家名单，我们先后采访了孟于、冯绍宗、鲍占元、朱奇、肖芊、尚鸿佑、黄晓棻、舒铁民等，收集了大量的访谈和原始图片资料。此后，在当时的文化部办公厅的协助下，离退中心先后四次组织多人到中央档案馆抄录第二届世界青年联欢节的原始档案。参加抄录档案的有史自文、贾宗娜、张军、姜诚、孙璐、孙亭、刘宁、彭泽华和杨思思等。2016年"七一"前夕，当时的文化部副部长董伟在看望孟于的时候，孟于又向董伟副部长提出了编辑出书的要求，董伟副部长随即向离退中心领导转达了要求。此前，就如何处理史料，把这些杂乱的材料梳理成书的问题，离退中心已经与北京大学历史系的王元周教授进行了沟通，希望由他执笔，根据这些材料，用历史学家的笔触，把这段历史勾勒呈现出来。

2017年初，王元周教授写出了初稿。当时的文化部外联局相关领导对初稿提出了审读意见，同时，还协调我驻匈牙利使馆文化处帮助查找当年第二届世界青年联欢节匈牙利方的档案材料，为收集材料提供线索，同时当时的文化部外联局还提供了出版方面的经费支持。

在本书付梓之际，特向关心、支持和参与该项目的所有领导和工作人员表示感谢。

　　本书所有访谈资料，由文化和旅游部离退休人员服务中心"老艺术家口述历史"项目完成，所用图片为文化和旅游部离退休人员服务中心向 1949 年中国青年文工团参与者及有关人士征集所得。受各种条件限制，还有许多 1949 年中国青年文工团成员的有关资料没有收集到，文中对他们的活动和贡献很少提及，甚至完全缺失，只能等待以后有机会再补充、修订。

　　初稿完成之后，经过部分当年参与者和有关人士审阅，提出了许多修改意见，此后执笔者又作了大幅度修改。但由于时间仓促，资料匮乏，错漏之处尚多，请 1949 年中国青年文工团参与者及其后人和广大读者批评指正。

文化和旅游部离退休人员服务中心

2020 年 11 月 26 日